# ペール・ギュント

Peer Gynt

RONSO fantasy collection

ヘンリック・イプセン 作

毛利 三彌 訳

論創社

挿絵　ジャック・マクリーン

# ペール・ギュント

## 主な登場人物

ペール・ギュント
オーセ（ペールの母）
ソールヴェイ（移住民の娘）
ヘッグスタの地主
イングリ（地主の娘）
ドヴレ王（トロル国王）
緑衣の女（国王の娘）
くねくね入道
旅行中の紳士たち
アニトラ（砂漠に住むアラビア人首長の娘）
見知らぬ船客
ボタン作り
やせた男
その他さまざまな登場人物

物語は、十九世紀初めから現在（『ペール・ギュント』初版出版は一八六七年）までつづく。

舞台は、ノルウェーのギュブランスタール及びその付近の山岳地帯、モロッコ海岸、サハラ砂漠、カイロの精神病院、海上等々。

# 第一幕

## 第一場

オーセの家の近くにある闊葉樹木の繁った丘、川が下に向って流れている。川の向こう側には古い水車小屋がある。暑い夏の日。頑丈な体格の二十歳の青年ペール・ギュントが小道をおりてくる。母親のオーセがその後ろからついてくるが、彼女は細い小柄な女で、腹を立てペール・ギュントをののしっている。

**オーセ** ペール、この嘘《うそ》つきめ！
**ペール** 嘘じゃねえったら、おっ母！
**オーセ** おっ母さんを馬鹿《ばか》にすんな！
刈り入れで目がまわっとるときに何か月も、
雪っ原で牡鹿《おじか》狩りじゃいうて山をほっつき、
家に戻りゃ上衣《うわぎ》はぼろぼろ
鉄砲は失《な》くし、獲物はなし。
あげくの果てに澄まし顔しくさって
山師顔負けの出たらめを並べ
そんでこのわしをまるめ込もうというのかい！
さあ、言ってみろ、どこで牡鹿に出くわした？
**ペール** 西の山じゃわい。
**オーセ** (嘲笑《あざわら》って) そうかい、そうかい！
**ペール** 風がな、刺すように吹きつけとった、
そん中をあいつはハンの木の陰に身を寄せて
カリカリ、カリカリ堅い雪の下の
苔を探しておった――
**オーセ** ああ、ああ、そうだろうとも！
**ペール** おれは息を殺し、腹這《はらば》いになった、

そろり、そろり、岩陰からのぞいてみると、
まるまるした体はつやつやに輝き
今まで見たこともない見事な牡鹿！

**オーセ**　なんと！

**ペール**　　バーンと一発ぶっ放してやった、
えたり！　牡鹿め、ばったり倒れた、
倒れたとみるや、背中にとびのって、
左の耳をしっかとつかみ、
首のつけ根から頭蓋骨《ずがいこつ》めがけて
小刀をずっぷり突き通そうとした。
あいや、あん畜生め、一声叫ぶと、
いきなり跳ねとんで小刀を振り落した。
そうしておれをのせたまま真っしぐらにあいつ
　　は
西山の崖《がけ》に向ってつっ走った！

**オーセ**　（思わず）ああ、イエスさま！

**ペール**　　　見たことがあるかい、おっ母、
あの尾根を一度でも？
キリキリ鎌《かま》のように切り立つところ、
えんえん一里にもおよんどる。
両方の崖を見おろすとな、
眠ってるみたいに真っ黒に沈んだ
水の面《おもて》まで一直線、
一万尺の断崖絶壁——
牡鹿とおれは、尾根に沿って
風切る速さでつっ走った。
いやあ、あんな馬乗りははじめてじゃ！
おれらが走るずっとむこうに、
お日さまが真っ赤っかに輝いてた。
下の湖をのぞいてみると、
目もくらむほどの深いところに
ふらりふうらり雪ひらみたいに
茶色い鷲《わし》の背中が泳いでる——

**オーセ**　あれまあ、どうしたもんじゃ！

**ペール**　　　そのときじゃ、
木の株に隠れていた雷鳥のやつが
牡鹿の足もとにつっ込んできた。
びっくりした牡鹿はひとっとび、
大きく跳ね上がって体をひねるや、
おれをのせたまま真っ逆さまに、奈落《ならく》に落ちた

——

オーセ　ペール！　どうなった、早く言え！

ペール　ばっさり！
今や水の中、しぶきを立てて
牡鹿は泳ぐ、おれは背中にしがみつく。
まあ、ずいぶんと暇をとったがな、
やっとのことで北の岸にたどりつき、
おれは家に戻った——

オーセ　それでおめえ、牡鹿は？

ペール　牡鹿？　まだあそこにいるだろう——
（指を鳴らし一回転する）
もし見つけたら、おっ母のものにしていいよ！

オーセ　それでおめえは首の骨も折らず
手足も無事で背中もいためず？
ああ、神さま、ありがたい——
服が破れたくらいは取るに足りん、
そんな駈けっくらをやらかして
もっとひどい目にあったかも——
（突然、目を大きくして、あいた口もふさがらない。
ついに爆発する）
なんという、なんという大嘘《うそ》つきめが！
おめえが並べた牡鹿のりは、今思い出した、
そりゃあグレスネ爺《じじい》の昔話じゃ。
おめえじゃないわい——

ペール　おれもだわい、
こういうことは何べんもあるこった。

オーセ　そうだとも、ほら吹きの言うことときたら、
外側にあんやきなこをぬりつけて
あることないこと、こねまわすから、
吃驚仰天《きっきょうぎょうてん》、肝をちぢめて
見えすいた中味についだまされる。

ペール　ほかのやつがこんなこと言いやがったら
叩《たた》きのめしてぎゅうの目に会わせてやるんだが
な！

オーセ　ああ、神さま。死んだ方がましだ。
土に埋められて眠ってる方がましだ。
泣いて頼んでもこいつは知らん顔——
ペール、おめえはほんとにろくでなしだあ！

ペール　めんこい、ちっこいおっ母《かあ》よ。
おめえの言うのはみんな本当だ——

オーセ　だからにっこり笑って――
黙ってろ！
こんな倅《せがれ》をもってなんで笑えるかい。
お爺《じじ》がいた頃は豪せいな暮しだったに、
今はどうだ、窓にはぼろ布、
堀や垣根は倒れたままで
家畜は野ざらし、畑は荒れ放題。
税金取りがやってきて――

ペール　また愚痴話か、
やめた、やめた！　楽あれば苦あり、
苦あれば楽ありだろ、おっ母！

オーセ　荒れすぎて福の神も寄りつかんわい。
ほんとにずうたいばっかり大きくて、
役に立つことったら、なんにもない。
家にいれば、いろり辺《ばた》に陣どって
灰をかきまわしてるしか能がない、
外に出れば、娘っこおどすか、
村の悪さどもと喧嘩《けんか》するかして――

ペール　(彼女から離れようとして)
放っといてくれ。

オーセ　(ついていく)　ごまかす気かい。
この間の大喧嘩、気違い犬の集りみたいに
暴れまわって、鍛冶屋のアスラクの
腕を折っちまった、あれは
おめえじゃないと言うつもりか？

ペール　そんなこと、誰が吹き込んだ？

オーセ　小作人のかかあが、悲鳴を聞いとる！

ペール　悲鳴？　それはおれの悲鳴だろ。

オーセ　おめえの？

ペール　うん、おっ母、なぐられちまった。

オーセ　なんだって？

ペール　やつは、すばしこいからなあ。

オーセ　誰がすばしこいって？

ペール　アスラクだよ。

オーセ　なんだと！　ぺっ！　意気地無しにもほどがある！
あんなおっちょこちょいの青二才の
ろくでなしの酒飲みの酔っぱらいに
なぐられちまったと！
おめえには、山ほど恥かしい思いをしてきたが、こんな情けねえことはいっぺんもなかった。
いくらあいつがすばしこいからって
なんでおめえが弱虫になる！

ペール　なぐってもなぐられても、小言かい。
(笑って) 心配するな、おっ母――

オーセ　ええ？　それじゃまた、おめえは？

ペール　　　　うん、こんどだけは嘘だ、
だからよ、涙ふいて。
(左手を曲げ) ほら、見てみな、おっ母、
この鉄ばさみで、鍛冶屋のやつを引きのばして
二つにたたんで、ぽいだわな！

オーセ　ならずもん！　わしを墓穴に埋める気か！

ペール　とんでもねえ。何千倍も立派にしてやる。
ちっこい、汚ねえ、やさしいおっ母よ、
よく憶《おぼ》えときな、今に村中が
おめえに頭を下げるようになる。
おれはなんか、とてつもなくでっかいことを
しでかしてやるから――

オーセ　　　　おめえが！

ペール　(熱くなって) 王さまになる、皇帝になる！

オーセ　ああ、神さま、こいつは、気までおかしくなっ
た！

ペール　ああ、なるとも、時がくればな！

オーセ　そうかい、時がくれば、おいらは王子さま、
お伽噺《とぎばなし》にあるようにかい！

ペール　まあ、見ていな、おっ母！

オーセ　　　　馬鹿こくな！
どこまでおめえは白痴《たわけ》もんだ！
ヘッグスタの娘っこは、おめえに気があった、
嫁にくれろと言ってやれば、祝言あげるのも
むずかしくはなかったろに。

ペール　ほんとかい？

オーセ　　　　あそこの爺《じい》さんはな、
頑固爺《じじい》だが、娘のイングリには甘あまだ。
娘がこうと言えば、ぶつぶつ言っても、うんと
言う。
(泣き始める) ああ、ペール、あんな金持ちの
後とり娘をもらってりゃあ
おめえは立派な花婿さま――
汚ねえぼろ服なんぞ着ちゃいまいに――

ペール　そんなら話をつけに行こう！

オーセ　　　　　　　　どこへ？

ペール　ヘッグスタへ！

オーセ　　　　　　情けない情けない、
ぶらぶらしてる間に福の神を逃がしちまった。

ペール　ええ？

オーセ　　おめえが西山で牡鹿にのって
空をとんでる間に、マッツ・モーエンが
イングリの花婿に決まったわい。

ペール　なんだと？　あのへなちょこが？
待ってな、ひとっ走り行って――

オーセ　無駄だ無駄だ、婚礼は明日だ。

ペール　かまうもんか！

オーセ　　　　　阿呆《あほう》！　村中の笑いもんだ。

ペール　心配するなおっ母、うまくいくわい、ほうら
（抱きあげる）
おめえが口ききになって、
あのフーテン爺いに話してくれ、
マッツ・モーエンはろくでなしだとな。

オーセ　おろせ！

ペール　　　いいや、祝いの場まで運んで行く。

オーセ　離せ！

ペール　　それから爺さんにゆっくりとな、
ペール・ギュントがどんな男か
聞かしてやってくれ。

オーセ　ああ、そっちならまかせとき、
おめえのことは立派に話してやる、
おめえの悪さを洗いざらい並べて、
おめえがどんな男か教えてやる――

ペール　　　　　　それで？

オーセ　そうすりゃあ、爺は犬を離して
ならずもんのおめえにけしかけるだろう！

ペール　ふん、そんならおれ一人で行くか。

オーセ　ああ、だがな、わしもついて行くぞ。

ペール　おっ母に、そんな力はないだろ。

オーセ　力がねえ？　わしゃ腹が立って腹が立って
岩をねじりちぎって口に入れ、
食っちまうことも出来るくらいだ。
離せ！

ペール　　　うん、約束するか――？

オーセ　いいや。おめえがどんな男か話してやる。
ペール　いんや、おっ母はここで待ってろ。
オーセ　待ってるもんか！
ペール　　　強情はると――
オーセ　どうする？
ペール　　　水車小屋の屋根にのせちまう！
（彼女を屋根の上にのせる。オーセは悲鳴をあげる）
オーセ　おろせ！
ペール　言うことをきくか？
オーセ　阿呆！　さっさとおろせ！　ペール！
ペール　おろしたいのは山々なんだが――。
オーセ　畜生め！
ペール　　　騒ぐと落ちるぞ。
オーセ　　　　　　　おめえなんか
トロルにさらわれちまえばよかった！
ペール　なんということを、おっ母！
そんなら行ってくるからな。おとなしく待ってなよ、
暇はとらんから――（去る）

オーセ　　　　　　　ペール！
ろくでなし！　ほら吹き！　おーい！
だめだ、行っちまった！
（悲鳴をあげる）助けてくれえ！　目がまわる！

第二場

草木の繁った小さな丘。村道が後方へ通っている。中間に垣根がある。
ペール・ギュントが小道を辿《たど》ってやってくる。垣根のところへ急いで近づき、そこで立ち止まって、眼前に広がる光景を眺める。

ペール　あそこがヘッグスタ、イングリは家の中かな。
いやあ、祝いの客がいっぱい、まるで蝿がたかってるみたい。
ふん、戻ろう。やつら、いつもおれを笑ってる。

酒があればな、それとも
誰にも見られずに行けるか
いや、酒がいちばんだ。笑いなんか気にならん。
（村人が祝い物をもって通る。ペールはやぶに隠れる）

**男**　父親《てて》は酒飲みで母親は患ってる。

**女**　倅がろくでなしなのもあたりまえだ。（去る）

**ペール**　あれは、おれのことか？　（気分を強いて変え）
勝手に言いやがれ、
命に別条あるまいし。
（草の上に寝ころび、空をみつめる）
変な雲だな、馬みていだ、
人が乗って、鞍《くら》がついて、手綱もある――
あれはペール・ギュントじゃないか、
行列の先頭に立っている。
村のものはだれかれも
垣根に沿って頭《こうべ》を垂れる。
ペール・ギュント陛下とお伴のお通り。
金貨銀貨がチャリンチャリン
大金持ちに伯爵連中、
イギリス王子がお待ちかね、
イギリス娘も列を作って、
ペール・ギュントをお出迎え、
皇帝も席を立って王冠をはずす――

**鍛冶屋アラスク**　（仲間と通る）おや見ろよ、ペール・ギュントだ、
飲んだくれの豚野郎――！

**ペール**　（上半身おこし）なんでござる、皇帝陛下？

**鍛冶屋**　なに寝言、言ってるんだ。

**ペール**　なんだ、鍛冶屋《かじや》か！　なんの用だ？

**鍛冶屋**　こないだの騒ぎからまだ目が覚めとらんのか。

**ペール**　おとなしく消えちまえ！

**鍛冶屋**　　　　　ああ、消えるとも、
おめえは来ないのか、ヘッグスタへ？

**ペール**　　　　　行かん。

**鍛冶屋**　あの娘おめえに惚《ほ》れとると、評判だった。

**ペール**　カラス野郎！

**鍛冶屋**　　　　　怒るな、怒るな、
イングリに振られても、他にいくらもいるわい。
若いのも、年増女も、いっぱいいいる。

**ペール**　とっとと行っちまえ！

**鍛冶屋**　おめえを欲しがる物好きも
いるんじゃあるまいか――　（笑って去る）

**ペール**　ヘッグスタの娘が誰の嫁になろうと
おれの知ったことか。（下を見て）
つぎだらけのズボン。
屠殺《とさつ》刀であいつらの胸から
嘲り笑いをえぐり出してやりたい。
（突然まわりを見る）誰だ、笑ってるのは？
ふん、誰かいた――いいや、いない、
おっ母のいるところに戻ろう。
（音楽が聞えてくる）
いやあ、踊り出した。
娘っこの多いこと、野郎一人に七、八人。
畜生！　おれも行くぞ――
だけど、おっ母は水車小屋の上――。
なんだ、あの跳び方は、バイオリンは悪くない
　がな、
娘っこが生き生きしてる！
畜生！　おれも行くぞ――！

## 第三場

ヘッグスタ屋敷の庭。住居の建物は遥か後方にみえる。大勢の客たち。向こうの草原の上ではダンスがたけなわ。音楽師はテーブルに腰かけている。入り口には祝いの長《おさ》が立っている。台所手伝いの女たちが建物の間を行き来し、老人たちはあちこちに陣どり話をしている。ダンスがひとしきり終わる。

**祝いの長**　さあさあ、みなの衆、盃をぐっとぐっと――

**男**　これは、まあ、あんた、早すぎるわね。

**別の男**　豪勢じゃのう、豪勢じゃのう。

**花婿**　（泣いて、父親の着物を引っぱり）
あの子、嫌だ言っとる、お父《とう》、つんとしとる。

**父親**　なにが嫌だって？

花婿　部屋にこもったままで。
父親　それじゃ、部屋の鍵を探せ。
花婿　どうしたものか、わからん。
父親　阿呆《あほう》じゃ、おまえは。
男の子　おーい、みんな、面白くなるぞ。
ペール・ギュントが来たんだ。
鍛冶屋　誰が呼んだ？
祝いの長　誰も呼ばん。
鍛冶屋　話してきても聞かん振りしろ！
女の子　見ん振りしょ！
ペール　（熱くなって、勢いよく入ってくる）
この中で踊りがいちばん上手いのは
どの娘っこだあ！
娘１　うちじゃねえ。
娘２　うちじゃねえ。
娘３　うちも違う。
ペール　もっと上手いのが出ないうちにおめえが名のるか？
娘４　暇がないの。
ペール　じゃあ、おめえは？
娘５　家に戻るの。
ペール　今晩、家に？　気でも違ったのかい！
鍛冶屋　ペール、爺《じじい》と踊るんだとよ、あの娘は。
ペール　（老年の男に）空いてる娘はいないのか？
男　自分で探せ。
（突然、ペールは沈黙し、群集を眺める。彼らもにやにやしてペールを眺めている）
ペール　目くばせしてる、フクロウ面の笑顔の下で、ノコギリ刃研いでるみたいだ。
（ソールヴェイが小さいヘルガの手をひき、両親と一緒に入ってくる）
男１　よそもんだ。
男２　西からきたんだ。
ペール　（そばに行き、父親に尋ねる）
娘さんと踊っていいですか？
父親　いいとも。
だけど、先にご主人に挨拶《あいさつ》してこないと。（彼ら家に入る）
祝いの長　（酒をペールにすすめて）
まあ、来たからには仲間になれや。

ペール　おれは踊るから。喉は渇いてない。
（祝いの長は去り、ペールは家の方を眺めて笑う）
きれいだ！　見たこともない！
白いエプロンをして、目をふせていた――
おっ母さんの着物のはしをつまんで、
讃美歌《さんびか》をハンケチに包んでいた――
もういっぺん見てこなくちゃ。（家に入りかける）
男の子　もう踊らんのか？　ペール
ペール　いいや。
男の子　それなら、こっちだ。
（彼の肩をもってふり向かせる）
ペール　かまうな！
男の子　おまえ、恐《こわ》いんだろ鍛冶屋が？
ペール　おれが恐い？
男の子　こないだは大喧嘩だったものなあ！
（笑って降りていく）
ソールヴェイ　（戸口で）あんた？　踊りたいと言ったのは？
ペール　そうだ、おれだ。
ソールヴェイ　来いよ！
あまり遠くはいけないって、おっ母さんが。
ペール　おっ母さんが？　おまえ、ねんねえか？
ソールヴェイ　この春、堅信礼《けんしんれい》を受けた。
ペール　ふん。
なんて名前だ？　話すのが楽になる。
ソールヴェイ　ソールヴェイ。あんたは？
ペール　ペール・ギュント。
ソールヴェイ　どうしょう！
ペール　どうした？
ソールヴェイ　あの、靴下どめが――。締めてくる。（去る）
花婿　（母親の袖を引き）おっ母、あの子、嫌だって。
母親　嫌って、
何が？
花婿　鍵あけるのが。
父親　ああ、おまえなんか、柱にくくられておれ！
母親　そう、怒らんと、可哀想に。大丈夫だよ。（彼らは去る）
男の子1　（やってきて）飲むか、ペール？
ペール　いらん。

男の子1　ちっとだけ。
ペール　もってるのか？
男の子1　ほうら。（ポケットからびんを出し
て飲む）
ああ、うまい！（さし出す）
ペール　（受けとり）そうかい。（飲む）
男の子2　おらのも、どうだ？
ペール　いらん。
男の子2　馬鹿言うなや。
さあ、ペール。
ペール　それじゃ、ちょっとだけ。（飲む）
女の子　行こうよ、ねえ。
ペール　おれが恐いのか、おまえ。
男の子3　おまえを恐くないものはいないわい。
男の子4　こないだは、よう暴れてた。
ペール　おれが本気になったら、どんなことでも出来
る！
男の子1　ほうら、始まる、始まる！
数　人　話せ話せ！
何が出来る？
女の子　魔法使える、ペール？
ペール　悪魔だって呼び出せる！
男　わしのお婆《ばば》も出来た。
ペール　嘘だ！　おれのすることは、誰にも出来ん！
おれはな、悪魔野郎をクルミの中に閉じ込めた、
虫喰《く》いで中がからっぽのやつ、わかるだろ。
数　人　わかる。わかる。
ペール　野郎、泣いて頼んだが——、
男の子1　聞いてやらなんだ？
ペール　あたりまえだ。
（体を一ふりして）それからおれはな、
素晴らしい馬にのって、空を駆ける！
数　人　見せてくれ、ペール、頼むわな！
ペール　頼まんでもいい、今にな。
おれは、おまえらの頭の上を駆けまわる。
村中がおれにひれ伏すようになる。
男　1　こいつは、気が違った！
男　2　大馬鹿もん！
男　3　大ぼら吹き！
ペール　待ってろ。今に見せてやる！

酔った男　ああ、待ってな、今にぶん撲《なぐ》られるから！
数　人　背骨折られて、顔はミミズばれ！
（年寄りは怒り、若者は嘲って去る）
花　婿　ペール、ほんとに空を駈けられるのか？
ペール　あたりまえだ、マッツ。おれに出来ないことはない。
花　婿　それじゃ、おまえ、隠れ蓑ももってるのか？
ペール　隠れ帽子のことか。ああ、もってるとも。
（ソールヴェイが庭に出てくる）
ペール　（顔を輝かせ、とんでいく）
　ソールヴェイ！　よく来た！
　おまえを空にほうり上げてやるぞ。
ソールヴェイ　離して！
ペール　なんでだ？
ソールヴェイ　乱暴なんだもん。
ペール　夏の太陽が登るときは、牡鹿は乱暴になる。
　来いよ、おまえ、意地はってないで！
ソールヴェイ　だめなの！
ペール　どうして？
ソールヴェイ　まあ、あんた、お酒飲んでたのね。（離れる）
ペール　小刀でずっぷり、一人残らずつき刺してやりたい！
花　婿　（肘《ひじ》をつっき）ペール、おらを花嫁のとこまで連れてってくれ。
ペール　花嫁？　どこにいる？
花　婿　蔵の中。
ペール　そうか。
花　婿　お願いだ、ペール、助けてくれ！
ペール　いや、一人でやるんだな。
　（ふと、低く、）イングリが蔵の中！
　（ソールヴェイに近づき）
　おまえ、おれの身なりを馬鹿にしてるだろ！
ソールヴェイ　（勢いこんで）違う、身なりなんか、ちっとも！
ペール　そんなら、来いよ！
ソールヴェイ　行きたくてもだめなの。
ペール　お父っさんが恐いのか？　おっ母さんも？
ソールヴェイ　行かせて！
ペール　行かせんぞ！
　（鋭く、脅すように）わしは魔物だ、

今夜十二時、おまえの寝床にしのび込む。
フウフウ、ゴロゴロ鳴く音を聞いても、
猫だと思うな、それはわしだ！
おまえの血をコップにしぼりとる。
おまえの股《もも》の肉を噛《か》み切ってやる——
（突然、調子を変えて、恐怖に包まれたように哀願する）
おれと踊ってくれよ、ソールヴェイ！

**ソールヴェイ**　（暗く眺め）あんた、きたない。

**花婿**　助けてくれよ、牡牛を一頭やるから。

**ペール**　ついて来い！　（去る）

（大勢の集り、踊り、酔った客、喧騒、鍛冶屋が仲間を引きつれ）

**祝いの長**　静かにせんか！

**鍛冶屋**　今晩こそ、決着をつける！
ペールかおれか、どっちかがぶっ倒れる！

**数人**　やらせろ——

**他の者**　やめさせろ——

**ソールヴェイの父親**　落着かんかい！

**男の子1**　ほら話聞いて笑ってやれ——

**男の子2**　追い出すんだ——

**男の子3**　唾《つば》引っかけろ——

**男の子4**　（鍛冶屋に）引きさがるのか？

**鍛冶屋**　あん畜生、叩き切ってやる！

**オーセ**　（杖をもって走ってくる）
わしの倅はどこじゃ！　折檻《せっかん》じゃ！
思い切りひっぱたいてやる！

**鍛冶屋**　お婆、そんな杖では柔かすぎる。

**数人**　鍛冶屋がやってくれるってよ——

**他の者**　のしちまえ！

**鍛冶屋**　ぶらさげてやる！

**オーセ**　なんだと？　わしのペールをぶらさげる？
やってみな！　わしもオーセだ、
歯もあれば、爪もある！——
あいつは！　どこだ？　ペール！

**花婿**　（走ってくる）お父う、おっ母！　来てくれ！

**父親**　どうした！

**花婿**　あいつが、ぺ、ぺ、ペール・ギュントが——

**オーセ**　（悲鳴）殺《や》られちまった！

花婿　違うわい、ペールが――あそこ、あの上に！

大勢　花嫁と――！

オーセ　　けだもの！

鍛冶屋　　崖を登ってる――！

花婿　山羊《やぎ》みたいに――
（泣いて）イングリを、おっ母、
豚みていにかかえとる！

オーセ　おめえなんか、落っこっちまえ！
（悲鳴）足もとに気をつけろ！

ヘッグスタの地主　（帽子もかぶらず、怒りに青くなってとんでくる）
花嫁略奪だ！　やつを殺せえ！
（みんな、叫びながら、山狩りの用意をしに去る。
地主が陣頭指揮で煽《あお》り立てている）

大勢　殺せ、殺せ――

オーセ　いいや、そんなこと、させるもんか！

# 第二幕

## 第一場

朝まだき、山上の細道。ペールギュントが道をつたってくる。急ぎ足で機嫌が悪い。イングリは半ば花嫁衣裳のまま彼を引き戻そうとつとめる。

ペール　行っちまえ、どっかへ！
イングリ　（泣いて）今さらどこへ？
ペール　どこでもいい！
イングリ　ひどいだましかた！
ペール　なに言っても、無駄だ、おまえとおれは別の道。
イングリ　掟破りの罪が二人を一緒にする。
ペール　思い出すことみんな、悪魔に食われちまえ！　女という女はみんな、悪魔にさらわれちまえ！　一人だけは別——
イングリ　一人って？
ペール　おまえじゃない。
イングリ　じゃ、誰？
ペール　おまえの持参金は、どれだけだ？　ヘッグスタ全部、もっとある！
イングリ　ハンカチに包んだ讃美歌はあるか？　首まで垂れてる金色の髪はあるか？　歩くとき目をふせるか？　おっ母さんの着物のはしをつまんでるか？　どうだ！
ペール　そんなこと——
イングリ　この春
ペール　堅信礼を受けたか？
イングリ　いいえ、だけどペール——
ペール　おれが誘っても断われるか？　おまえを見てると、心が清められるか？　どうだ？

イングリ　いいえ、でも――
ペール　それじゃ、他のことがなんになる！
イングリ　わたしをだませば、縛り首よ。
ペール　かまうもんか。
イングリ　お金も名誉もあんたのもの、わたしと夫婦になれば――
ペール　無駄だ無駄だ！
イングリ　（泣く）ああ、誘惑したくせに――
ペール　おまえにも気があった。
イングリ　（脅して）罰は重いのよ、あんた。
ペール　いちばん重いのがいちばん軽い。
イングリ　わかった、見てなさい。どっちが勝つか！
（去る）
ペール　（やや沈黙して、いきなり）
思い出すことみんな、悪魔に食われちまえ！
女という女はみんな、悪魔にさらわれちまえ！
イングリ　（下から）一人だけは別――
ペール　そう、一人は別。

第二場

山の湖のそば。あたりは沼地めいた柔らかい地面。嵐がつのってくる。
オーセは気も転倒して、あちこち呼びまわり探しまわる。ソールヴェイは彼女についていくのがやっとである。

オーセ　（腕をふり髪をむしって）
なにもかもがわしに逆らう！
空も湖《うみ》も山までが意地悪。
霧が立ちこめてきた、
迷いこんだら、おしめえだ！
土砂が崩れてあの子を埋めちまうかも。
おまけに人間までが、人殺しにかけまわる！
そんなことさせるもんか！　あの子を死なせは

せん！
馬鹿なやつだ、悪魔に誘われるとはな。
こんなこと、考えられるか、ええ？
わしのつれ合いは酒呑《の》みで
村中たわごと言ってはほっつきまわり、
財産はみんな、羽はえて飛んでった。
逆う勇気がわしにはなかった。
運命を目の前に見るのは恐ろしい、
だからあるものは酒に溺《おぼ》れ、あるものは嘘をつ
く！
わしと小さなペールは家にこもって、
お伽噺《とぎばなし》でつらいのを忘れようとした。
王子さまとかトロルの話、
花嫁略奪の話もあった。
だけどそんなことが、頭にこびりついていたと
は！
なんだ？　あの声は！　お化けか幽霊《ゆうれい》か！
ペール！　わしのペール！——
（ソールヴェィの両親が現われる）
おめえは、もうだめじゃ！

**父親**　そう、だめなやつだ
**オーセ**　そんなことというな！
あれは立派な子じゃ。誰よりも立派なやつじゃ。
**父親**　情けないお人。
**オーセ**　そうじゃ、そうじゃ、
わしは情けない女。だがあの子はいい男じゃ。
**父親**　罪を悔いる気持ちがあるだろか？
**オーセ**　牡鹿にのって空を駈ける力はある！
**父親**　縛《しば》り首がいちばんだな。
**オーセ**　縛り首！　とんでもない！
**父親**　首に縄がかかれば、悔い改めるかもしれん。
**オーセ**　おまえの話を聞いてると気が狂いそう！
あの子を探さなくちゃ——
**父親**　魂が第一——
**オーセ**　体も！
沼に落ちてたら引きあげてやる、
山隠しされたなら鐘を鳴らす。
**父親**　ここに足跡が——
**オーセ**　それだ、それだ
こっちだ。

ソールヴェイ　もっと話して。

**オーセ**　倅《せがれ》のこと？

**ソールヴェイ**　ええ、みんな。

**オーセ**　みんな？　おめえ、疲れちまうよ。

**ソールヴェイ**　わたしより先に、あんたが疲れます。

## 第三場

低い、木の生えていない山の原。頂は遥か彼方に見える。雲の垂れこめた夕暮れ近く。

**ペール**　（全速力で走ってきて、中腹で止まる）
村中が追いかけてくる、
鉄砲や棍棒《こんぼう》をふりあげて！
先頭で叫んでるのはヘッグスタ爺《じじい》——
さあ、ペール・ギュント、逃げられるか。
鍛冶屋相手の喧嘩とはわけが違うぞ！
これこそ生きるってこと、熊みたいな力がわく！
（体をひねり、空にとび上がる）
こわせ！　ひっくり返せ！　滝を止めろ！
松の木、根こそぎ、ひっこ抜け！
これこそ生きるってこと、人間を鍛える。

**山の女たち**　（叫びながら走ってくる）
ヴァール山のトローン！　ボール！　コーレ！
トロルさんたち、わたしと一緒に寝たくない？

**ペール**　誰を呼んでるんだ？

**女たち**　トロル、トロル、トロルさーん！

**女１**　トローン、優しくして！

**女２**　ボール、乱暴にして！

**女３**　山小屋のベッドはみな空っぽ！

**女１**　乱暴なのは優しいこと！

**女２**　優しいのは乱暴なこと！

**女３**　男がいないから、トロルと遊ぶ。

**ペール**　男はどこだ？

**女たち**　（どっと笑って）きてくれないの！

**女１**　あたしの男は、好きだと誓って、女　2　今じゃ、年増のやもめと一緒！
女　2　あたしの男はスペインの南を
ジプシー女とさすらいの旅！
女　3　あたしの男は子供殺して
縛り首になって、にんまりしてる！
女たち　トロル、トロル、トロルさん！
あたしたちと一緒に寝たくない？
ペール　（彼女たちの中にとびこんで）
おれは三つ頭のトロルだ、
三人一緒に相手できるぞ！
女たち　ほんとなの、あんた？
ペール　試してみい！
女　1　山小屋へ、山小屋へ。
女　2　（ペールにキスして）
鉄板みたいに熱い頬っぺた！
女　3　（キスして）
赤ん坊みたいな黒い眼玉！
ペール　（一緒に踊る）
胸は沈むが、思いはとび散る。
目では笑って、心で泣いて！

女たち　ヴァール山のトローン、ボール、コーレ！
トロルさんたち、一緒に寝なくて、もう結構！
（彼女達はペール・ギュントを中にして踊りながら、
丘を越えて去る）

第四場

ロンデ山の中、日没。きらきらする雪の頂きがまわりに見える。

ペール　（ふらふらになって走ってくる）
城の上に城が建つ！
きらめく門構え。
ちかちかする虹模様が
おれの心を切り裂く。
額が重い、頭が痛い！
焼きごてをあてられたようだ——

（うづくまる）
罰当たりなつくり話、
切り立つ崖をのぼった、花嫁をかかえ。
トロルに狙われ、山の女たちと騒いだ――
（遠く空をみつめる）
茶色い鷲《わし》が二羽、南に飛ぶ。
あれは野生の鳥、おれも行こう！
吹きすさぶ風にさからい
高く上ろう、体を清める！
海原を越え遠く遠く
イギリス王子の頭上までも。
あそこに壁が立つ、門が広々と、
あれは、祖父さんが建てた家、
広間には大勢の客、
牧師さんも船長さんも、
金持ちヨン・ギュントの宴《うたげ》なんだ。
ギュント一家万々歳！
さあ、ペール・ギュント、申し渡す、
汝、偉大なるものよりいでて
いつの日か、偉大なるものとなるべし！

（前にとびだし、岩に頭をぶつけて倒れる）

## 第五場

葉がざわめいている大きな木々の丘。星の光が葉の間からさし込む。木の上では鳥が鳴いている。
緑色の衣を着た女が丘に現われる。ペール・ギュントはその後からあらゆる恋のしぐさをしながらついてくる。

**緑衣の女**　（立ち止まって振り返る）嘘《うそ》でしょう！
**ペール**　（喉《のど》を指で切って）本当だよ――
おれの名前がペールで、君がすてきな女であるように。
夫婦になろう。おれの身持ちはいい。
機織りも洗濯もしなくていい。

食べ放題に寝放題――

**緑衣の女** ひっぱたいたりしない？

**ペール** するもんか。
王家の倅《せがれ》は、女子供をいじめない。

**緑衣の女** あたしはドヴレ山の王様の娘。

**ペール** おれはオーセ女王のお倅だ。

**緑衣の女** お父さまが腹を立てると山が割れる。

**ペール** おっ母が小言をいうと、山は崩れる。

**緑衣の女** あなた、ずいぶんボロの服着てるわねえ。

**ペール** 君もずいぶんツギハギだなあ。

**緑衣の女** それ、それ、忘れないでね、
あたしの国の習わしでは
目にうつるものすべてが二重なの。
お父さまのお城をみても、あなたには、
汚い藁《わら》小屋にしか見えないかも。

**ペール** おれのところもまったく同じ。
黄金の屏風《びょうぶ》も紙張り子、
金剛石も、石瓦《かわら》だ。

**緑衣の女** 黒いものは白く見え、
醜いものは美しく見える。

**ペール** でっかいものは小さく見え、
汚ないものはきれいに見える。

**緑衣の女** (首に抱きついて)
ペール、あたしたち、似合いの夫婦！

**ペール** われ鍋にとじ蓋《ぶた》だ。

**緑衣の女** (呼ぶ) お馬よお馬、花嫁のお馬！
(巨大な豚が駈《か》けてくる。ペールはとびのり、緑衣の女を前にのせる)

**ペール** はい、どうどう！ 走れ走れ！
のってる馬みりゃ、育ちがわかる！

## 第六場

ドヴレ国王の広間。宮廷仕えのトロールたち、年老いた小人たち山の妖精たちが大勢集まっている。ドブレ国王は王冠と笏《しゃく》を持って王座に。彼の子供たちや親族たちが両側に控える。

報せの者が入ってきて、国王その他に耳打ち、それはたちまち広間のみんなに伝わり騒然となる。
ペールが引かれてくる。昂奮《こうふん》した群集。

群　集　殺せ、殺せ、毛唐《けとう》の男が、ドヴレ王女さまを弄《もてあそ》んだ！
子供のトロル1　こいつの指を食べたい！
子供のトロル2　髪の毛むしりたい！
若い女のトロル　ふっふっ、こいつの股《また》ぐらに噛《か》みつかせてほしい！
魔法使いのトロル　（ひしゃくで）スープの味つけにしょうか。
別の魔法使い　（包丁をもって）串に刺そうか、鍋で煮ようか！
ドヴレ王　静かにせい！（一同を鎮《しず》めて）
愛国心も結構だが、
われらトロル族は近頃、斜陽気味。
もっと落ちるか、ここで持ちなおすか。
外からの援助を拒むべきではなかろう。
見たところ、この若ものは欠陥もなく、
水もれしそうな気配もない。
たしかに、頭は一つだ。しかしわしの娘も
いまや一つしかもっておらん。
三つ頭は、流行遅れ、
二つでさえ、少なくなった。
要は頭ではない。
（ペールに）それで、おまえは、
わしの娘を欲しいと言うのか？
ペール　そうです、あなたの娘と、持参金に王国。
ドヴレ王　わしの目が黒いうちは王国の半分、
白うなったらあとの半分をやる。
ペール　了解。
ドヴレ王　ところで倅や。――
おまえのほうも約束をせねばならん。
一つでも破れば契約は破棄。
生きてここを出ることは許されぬ。
約束の第一は、この国の外で起っていることに
一切、注意を払わぬこと。
明るい場所をさけ、何もしないでいること。
ペール　王さまになれるとすれば、
それくらいは簡単至極。

ドヴレ王　次には――おまえの偏差値を調べよう。
長老の侍従　さあ、国王直々のなぞなぞだ。
ドヴレ王　トロルと人間の違いは何か？
ペール　おれの見るところ、違いなんぞないね。
でっかいのは焼こうと言うし、ちびっこは引っ掻《か》く――
人間もおんなじ、そういう場面ではね。
ドヴレ王　その通り、わしらは多くの点で一致している。
しかし明け方は明け方、夕方は夕方、
見かけは同じでも、二つは違う。
さあ、それを教えてやろう。
山の外、照り輝く大空の下ではこう言う、
「人間よ、おのれ自らに徹せよ！」
ここ、われらトロルの間ではこう言う、
「トロルよ、おのれ自らに満足せよ！」
侍従　この深い意味がわかるか？
ペール　よくわからん。
ドヴレ王　「満足なれ」。この力強い言葉を
倅や、生涯の武器となせ！
ペール　いや、でも――
ドヴレ王　ここの王になりたいのなら――
ペール　まあ、いいや、命にかかわることじゃなし。
ドヴレ王　さて今度は、われらの風俗習慣を身につける。
（合図をすると、豚の頭をしたトロルが食物、飲み物を運んでくる）
このお菓子は、牝牛《めうし》の糞《くそ》、
このお茶は牡牛の小便、
甘いか酸っぱいかは問題ではない。
肝心なのはすべて国産品ということ。
ペール　国産品なんて糞くらえ！
どうせどっかの真似《まね》だろう！
ドヴレ王　盃がついてるぞ、黄金の盃だ。
これをもつものに、わしの娘は従う。
ペール　（考え込んで）聖書に書いてある、人間万事、慣れの世の中。
飲んじゃえ！（飲むが、吐きそうになる）
ドヴレ王　利口な言い草。吐くのか！
ペール　慣れだ慣れだ――！
ドヴレ王　次には衣服をかえる、
われらはトロルの誇りとして

ペール　国民服をつけている。外からの輸入は、尻尾に結ぶ絹のリボンだけ。

ドヴレ王　おれは尻尾なんかもってない！　だから与えよう。

ペール　侍従、わしの一張羅をつけてやれ。

ドヴレ王　とんでもない！　なぶりものにする気か！

ペール　ずんべらの尻で娘に求婚は許さぬ。　人間を畜生にするのか！

ドヴレ王　倅や、それは思い違いだ。菊の華のリボンは最高の名誉だぞ。

ペール　（考え込んで）菊の華なんて象徴にすぎないと、誰かが書いていた。何ごとも慣れだ、結んでくれ！

ドヴレ王　物わかりのいい男だ。

侍従　（尻尾をつけ）　さあ、具合はどうだ、振ってみろ！

ペール　（怒って）ほかには何をしろと？　信仰も棄てろというのか？

ドヴレ王　いや、いや、信仰は自由。トロルには問題外のこと。トロルのトロルたる所以《ゆえん》は、外観にある。格好、振る舞いが、同じであれば、わしらが恐れと呼ぶものを、おまえが信仰と呼んでも、ちっともかまわない。

ペール　いろいろ文句はいうが、意外とまともな男だな。

ドヴレ王　さあ、これで儀式の重要部分は終った。今度は、目や耳を楽しませる番だ。娘ども、出てこい！　トロルの琴をかきならせ！　踊り子ども出てこい！　トロルの広間を踏みならせ！

（音楽と踊り）

どうかね？

ペール　どうって、ふん――

ドヴレ王　どう見える？　思ったままを言うがいい。

ペール　醜さの極み、猫の皮を象の牙でギチギチやってる、猿がふんどしして豚みたいに駈けまわってる。

侍従　食っちまえ！
ドヴレ王　忘れるな、こいつの目は人間の目だ。
娘のトロル　ふうふう、こいつの目と耳を引き裂いてやれ！
緑衣の女　（泣いて）ふうふう、こんなこと言われるなんて！
ペール　あたしと妹が歌って踊っているのに。
ドヴレ王　なんだ、君だったのか。冗談冗談、歌も踊りも実に見事だ。
人間とはまったくおかしなもの。
性質、意見をくるくる変える。
だから、倅や、それを直さねばならん。
ペール　どうするって？
ドヴレ王　左の眼に傷をつけ
物が曲って見えるようにする。
すると花嫁は絶世の美女となり——
ペール　気でも違ったか！
ドヴレ王　忘れるな、
眼こそ涙をしぼる
苦しみ悲しみの源だということ。
ペール　そうか、聖書にも書いてあった、
眼玉が汝を傷つけなば、それを棄てよ。
ところで、その眼はいつまた
もとに戻るんですか？
ドヴレ王　もう決して戻らない。
ペール　ああ、そう！　そんならやめた。
ドヴレ王　で、どうする？
ペール　来た道をまた出て行くまで。
ドヴレ王　いや待て！　行きはよいよい、帰りは恐い！
トロルの城の門は外へは開かん！
ペール　まさか、力づくで——
ドヴレ王　まあまあまあ、ペール王子。
おまえにはトロルの才能がある。
もうそれらしく振舞っているじゃないか。
トロルになる気はないのかね？
ペール　気はあるさ、
花嫁と王国を手に入れるためなら
少しくらいのことは我慢する。
だが、物ごとには限度がある。
尻尾はつけた。だが結んだものは、いつでも解ける。

この国の習慣も、その気になれば
きれいさっぱり洗い落とせる。
豚を娘だと誓いもしよう。破るのは造作もない。
しかし、この身が自由にならないということ、
山に住むトロルとして一生を送り、
もう人間に後戻りできないということ、
そんなことは、まっぴらだ。

**ドヴレ王**　わしはもう、カンカンに怒ってる。
冗談もほどほどにしておけ！
日焼けした青二才め、わしを誰だと思う！
先に娘を誘惑して——

**ペール**　出たらめだ！

**ドヴレ王**　結婚しろ！

**ペール**　あんた、まさか——

**ドヴレ王**　おまえは娘に
淫《みだ》ら心を起さなかったというつもりか？

**ペール**　ふん、それが、なんだってんだ。

**ドヴレ王**　人間てやつはいつもこうだ。
心に思ったことくらい、なんでもないというのか？
みてるがいい、今にわかる、
年があける前におまえは父親だ。

**ペール**　そんな嘘で釣ろうたってひっかかるもんか！

**ドヴレ王**　鹿皮にくるまった赤ん坊ができるぞ。

**ペール**　門をあけろ！　外に出る！

**ドヴレ王**　赤ん坊は
お城へ届けようか？

**ペール**　どこへでもやってしまえ！
(汗をぬぐって) 夢なら覚めてくれ！

**ドヴレ王**　よろしい、お好きなように、
だが、出来た子はだんだん大きくなる。
こういう子供は、成長がむやみと速い。

**ペール**　なあ、爺さん、話をつけよう、
おれは王子でもない、金持ちでもない、
婿にしたって、なんの得にもならない。
(緑衣の女は気絶し、つれ去られる)

**ドヴレ王**　(軽蔑し切って、しばし口もきけず)
こいつを岩に叩きつけて、バラバラにしてしまえ！

**トロルの子供たち**　その前にフクロウと鷲《わし》の遊びをさせてよ、お父

さん！
二十日鼠《ねずみ》と山猫ごっこ！

**ドヴレ王** よし、さっさとやれ、わしは腹が立って腹が立
って、
眠い。おやすみ！（去る）

**ペール** （子供に追いまわされ）やめてくれ！

**子供たち** 小人のおじさん！ ほらほら、
尻を噛《か》んで！

**ペール** 痛てえ！

**子供たち** 穴をしめて！

**大人たち** 子供たちの面白がること！

**ペール** 離せ、小童《こわっぱ》め！

**大人たち** 乱暴するな！ 無礼もの！

**ペール** 鼠の穴！（入ろうとする）

**子供たち** 妖精《ようせい》兄さん、しめてしめて！

**ペール** でっかいのは処置なしだが、小さいのはもっと
ひどい！

**子供たち** 引き裂け！

**ペール** ああ、鼠だったらな！

**子供たち** とめろ、とめろ！

**ペール** 蚤《のみ》だったらな！（倒れる）

**子供たち** 眼をひっかけ！

**ペール** 助けてくれ、おっ母、
死んじまう！
（遠くで教会の鐘がなる）

**子供たち** 山の鐘！
（トロルたちは叫びながら、大騒ぎのうちに逃げ去る。広間は崩れ無に帰す）

## 第七場

闇。ペールが、大きな木の枝をもって、まわりをたたきながら闘っているのが聞こえる。

**ペール** 答えろ！ 何ものだ？

**声** おのれ自ら。

**ペール** どけ！

**声**　回り道しろ、ペール！　山は広い。
**ペール**　（通り抜けようとしてつき当る）
誰だ？
**声**　おのれ自ら、おまえも言ってみろ！
**ペール**　おれの刀は切れるぞ！　そうら、サウル王は百人切り、ペール・ギュントは千人
切りだ！
（切りつける）おまえは誰だ？
**声**　おのれ自ら、
**ペール**　愚かなこと、
何ものだ、おまえは？
**声**　くねくね入道
**ペール**　なるほど
謎は黒から灰色になった。
どけ、くねくね入道め！
**声**　回り道だ、ペール！
**ペール**　真っ直ぐだ！　（切りつける）
倒れたか！
**声**　傷つくもくねくね、つかぬもくねくね、
死ぬもくねくね、生きるもくねくね、

**ペール**　行くも戻るも同じ遠さ——
出るも入るも同じ狭さ——
あいつは、ここにも、あそこにも、いたるところ！
抜けたと思うと、またぶつかる——
姿を見せろ！　おまえは一体何なのだ？
**声**　くねくね入道
**ペール**　（ふらついて）死んでもいない、生きてもいない、
形さえない。かかってこい！
**声**　くねくね入道は戦わずして勝つ。
**ペール**　妖精《ようせい》なら、トロルなら、まだいい、
組打ちしてくるから——
こいつは、違う——、力を使え！
**声**　くねくね入道は力を使わずして勝つ。
**鳥の叫び**　参ってきたかい、くねくね入道？
**声**　ああ、少しずつ。
**ペール**　助けるつもりなら、おまえ、早くしてくれ——
恥かしそうに下むいてないで——
その本を、こいつの眼に投げつけろ！
**鳥の叫び**　ふらついてきた！

**声**　こっちのものだ。

**ペール**　こんな苦しいことを代償《だいしょう》にして、命を買うというのは高すぎる。

**鳥の叫び**　うずくまった！　捕えろ、捕えろ！

（鐘の音と讃美歌《さんびか》が遠くで聞える）

**声**　（無に帰す。ぜいぜい言う声）こいつは強すぎる。うしろに女がついている。

## 第八場

日の出。オーセの山小屋の外、戸は閉まっている。なにもなく、静か。ペール・ギュントは小屋の外で眠っている。

**ペール**　（目を覚まし、よどんだ眼であたりを見、唾《つば》を吐く）ああ、塩づけのニシンが食いたいな！

（また唾を吐く。同時に弁当を持ってやってきたソールヴェイの妹のヘルガを見つける）

**ヘルガ**　おまえか、なんの用だ！

**ペール**　ソールヴェイが——

**ヘルガ**　（跳ね起き）彼女はどこだ？

**ソールヴェイ**　（隠れて）近づいたら、逃げるから！　小屋のかげ。

**ペール**　おまえに抱きつくとでも思ってるのか。

**ソールヴェイ**　いやなひと！

**ペール**　ゆうべ、おれはどこに居たか知ってるか？　トロル王国の娘につきまとわれてた、蝿《はえ》みたいに。

**ソールヴェイ**　じゃあ、鐘ならして、よかったのね。

**ペール**　ペール・ギュントはやつらにだまされるもんか。

**ヘルガ**　ああ、お姉さんが行っちゃう！（後を追う）待って！

**ペール**　（彼女の腕をとらえ）ほら、この銀のボタンをやる、だから、おれのことをよく言ってくれ！

**ヘルガ**　離して！

ペール　そこにお弁当が。ああん、怖い——
(穏やかになり、彼女を離す)いや、おれはただ、ソールヴェイに、忘れないでくれと伝えてほしい、それだけだ。

# 第三幕

## 第一場

森の奥深く。湿った秋の天気。雪が降っている。
ペールがシャツ姿で大きな松の木を切っている。

ペール　この頑固爺！　ハガネのシャツでも着てるのか。
同じことだ。おまえはすぐに倒れるさ。
なんだ、曲った腕を震わせて。
腹を立ててるのか、ああ無理もない。
だが、おまえはどうしたって跪《ひざまず》く！
(切り倒す)
おれは無法もの、森に追放された、
おまんま作ってくれるおっ母はいない。

食いたけりゃ、自分で作る。
着るもの欲しけりゃ、トナカイ捕って、
家に寝たければ、土台石を並べろ。
木を切り出して壁板作り
自分で空き地に運んでくる。
(斧を置き、前をみつめる)
そうだ、すばらしい家を建てる!
高い塔の上に風見をつけて。
切妻には人魚の絵を彫りつける。
青銅の扉にガラス窓。
知らんやつは、驚くだろう。
丘の上で光っているのは、あれはなんだ?
(苦々しく)
嘘《うそ》っぱち、また作り話。
おまえは村八分の無法ものだ!
木の皮はった小屋でけっこう。
雨風しのぐにはそれで十分だ。
(また木を見る)
さあ、ふらふらしてきた。もう一打ち!
(切りつけようとして急に止め)

誰か、うしろにいる! きさま——
ヘッグスタ爺め——罠《わな》にかける気か!
(木の陰にかくれ、のぞく)
若い衆が一人、びくびくしてる。
あたりをうかがって、なにを持ってるんだ、
上衣の下に? 鎌だ! 立ち止まった——
木の株に手のひらをのせて——
なにしてる? あっ!
指を切り落とした! すっぽりと!
どくどく血が流れて——!
逃げていく、手を布にくるんで——
(立ち上がる)
狂ってる。自分の指を!
根もとからすっぽり、もう生えてこないのに!
ああ、なるほど——そういうわけか。
他に、兵隊逃れの道はない。
どうしても戦さに行くのが厭《いや》なんだな。
しかし指を切る——? 一生、指なし——
誰でも考えはするだろう、
したいとも思うだろう。いや、

決心するやつもいるかもしれん。
それはわかる。だが、ほんとにやるというのは、
おれにはとてもわからない！
（仕事にかかる）

第二場

麓にあるオーセの家。部屋中、散らかっている。タンスは開いたまま。衣類はあちこちに投げ出され、ベットの上に猫がいる。オーセと小作人の女カーリが整理している。

**オーセ** ああ、なんていう目に会わせるんだ！
神さま、お慈悲を！　家中が空っぽ。
ヘッグスタが残したものは、村役人が取ってった。
着ているものも剥《は》ぎ取って。
恥知らず！　こんな仕打ちをするなんて。
爺《じじい》は情け知らずだが、法律はもっと冷たい。
ペールはいない。誰もかまってくれない。

**小作人の女** この家には、死ぬまでいさせてくれるが、

**オーセ** ペールには、苦労するねえ。

**女** ペール？　馬鹿な、イングリは戻ってきた。
みんな悪魔のせい、あれがあの子を誘惑した。
牧師さん呼んでこようか、具合が悪そうだね。

**オーセ** いいや、とんでもない！　わしはあの子の母親だ。
わしが助ける、それがつとめだ。
このセーターにツギをしよう、
毛の布団もひったくってやるんだった。
靴下はどこ？

**女** あそこ、ぼろに混じって。

**オーセ** これはなんだ？　まあ、古ぼけたひしゃくだ、
これであの子は、ボタンの型を作ったもんだ。
お父のところに来て、すずの塊をねだった、
すずじゃない、金だぞ、とヨンは言った。
ヨン・ギュントの倅《せがれ》だってことをみなに見せて

やれ！

酔うとあの人、ブリキも小判もわからなくなった。

カーリ、毛糸のシャツが二枚――あいつら忘れてった！

**女**　ほんとだ。

そうだ、二つとももらっておこう。

**オーセ**　あの子の着ているのは、もう薄くなっている。

## 第三場

森の中の、新しく建てられた小屋の前、雪が深い。トナカイの角が扉の上にかけてある。薄暗くなってきている。

ペール・ギュントは扉の外に立って、大きな木作りの錠を打ちつけている。

**ペール**　（ときどき笑いながら）
こうやって扉に錠前をかければ、
トロルも妖精《ようせい》も閉め出せる。
やつら、暖かくなるとやってきては
扉をコツコツ、開けておくれペール――
すぐ入り込んで、寝床にちょろちょろ、
灰の中にこそこそ。煙突の中まで
竜《りゅう》みたいに、はいのぼる。

（ソールヴェイが雪靴をはいて、頭にショールをかぶり、手に包みをかかえて現われる）

**ソールヴェイ**　あなたの仕事に神さまの祝福を！　追い返さないで、
お願い。あなたが呼んだからきたのよ。

**ペール**　ソールヴェイ！　おまえか。ほんとだ！
恐がりもしないで、こんなに近くまで！

**ソールヴェイ**　あなた、ヘルガに言づて託したでしょ。
風も無言で伝えてきた。
あなたのおっ母さんの話にもあった、
言づては夢の中にも、いっぱい。
重苦しい夜な夜な、虚ろな日々が

あたしに、ここへくるように伝えてきた。
麓《ふもと》では命が消えていくみたいだった。
笑うことも泣くことも、出来なくなった。
あなた、どう思うかわからなかったけれど、
ここに来なくちゃということはわかっていた。

ペール　でも、お父っさんは？

ソールヴェイ　この広い世の中に
お父さん、お母さん、と呼ぶ人はもういません、
みんなから別れてきたの。

ペール　なんだって、
おれのところに来るために？

ソールヴェイ　そう、あなたのところ、
今はあなただけがあたしの頼り、
(涙を流す)
小さい妹に別れをつげるのはつらかった、
お父さんと別れるのはもっと、
いちばんつらかったのは、お母さんの胸から――

ペール　それでおまえ、この春おれが受けた
裁きのことを知ってるのか？　おれは
家も財産もとられてしまった。

ソールヴェイ　あたしが財産目あてに家をすて、
身内から別れてくると思ってるの？

ペール　それに、知ってるのか、おれは森の外に出たら
すぐに捕えられるってこと？

ソールヴェイ　あたし、来る途中
どこ行くのって聞かれたから、
うちに帰るのって答えてきた。

ペール　それじゃ、錠前も扉も棄《す》てちまえ！
妖精なんぞ、もう恐くはない！
おまえがこの中で暮してくれるなら、
小屋は浄《きよ》められる。間違いない。
ソールヴェイ！　眺めるだけでいい、
近よるな。ほんとに、きれいだ！
持ちあげていいか！　なんて軽い！
いつまでかかえていても、疲れない！
おまえを汚しはしない。こうやって腕をのばし
て
おれの体に触れないように。
ああ、ソールヴェイ！　夢じゃないのか！
おまえの方からやってくるとは。

ソールヴェイ　おれは昼も夜もそれを願っていた――
ここでは、気が休まる、
いくら風が吹いても、息がつける。
村では、息苦しくて、つらかった。
だから、あたしはここに来た。
松の木のゆれる音、なんて静かなの、
森が歌ってる。ほっとする。

ペール　決心は確かか？　一生こうなんだぞ。

ソールヴェイ　あたしがきた道に、戻りはない。

ペール　それなら、おまえはおれのものだ。中に入って！

おれは枯木を集めてくる。
囲炉《いろり》に火をたいて、暖たかくしてやる！
小屋じゅうがまっ赤に輝いて、
おまえはゆっくり体を暖める！

（ペールはソールヴェイを中にいれる。しばし無言で立っていて、それから彼は喜びの高笑い、とび上がる）

ペール　おれの王女さまだ！　やっと見つけて
おれのものにした！　おーい！
さあ、城を建てるぞ、しっかりとな！

（ペールは斧をとって行こうとする。と同時に年寄りじみた、緑色のボロをまとった女が森から現われる。そのうしろに酒の碗をもった醜い跛足《ひそく》の子供が、彼女の着物のはしをつかんでついている）

小作人の女　今晩は、早足ペール！

ペール　ええ？　誰だい？

女　古い友だちよ、ペール・ギュント、あたしの家はすぐそこ、
お隣り同士ってわけね。

ペール　そうかい、それは、知らなかった。

女　あんたの小屋が建てばあたしのも一緒に建つのさ。

ペール　急ぐから――

女　いつもこうだ、あんたは。
だけど、今度は離さないよ。

ペール　勘違いだよ、おばさん！

女　前には勘違いした。
あんたがでっかい約束をしたんでね。

ペール　約束？　いったいなんの話だ？
女　覚えてないのかい、あの晩を？
あたしのお父っつぁんのところで飲んだ――
忘れたのか――
ペール　ありもしないことを覚えてるわけがない。
前に会った？　いつのことだ？
女　この前の出会いが初めての出会い。
（子供に）
お父っつぁんにお酒をあげな、
きっと喉が渇いてるだろうから。
ペール　お父っつぁん？　酔っぱらってるのか？
この子をおまえは――
女　そうだよ、ペール、
豚の良し悪しは皮みりゃわかる。
よく見てごらん、この子を。
あんたの心と同じだろ。
ペール　おまえ、おれに――
女　違うというつもりかい？
ペール　こんなひょろ長の小童《こわっぱ》を――！
女　のびるのが早いんだよ。

ペール　鼻曲りのトロルめ！　こいつがおれの――
女　まあ、お聞きよ、ペール、そういきり立たずに。
（泣いて）そりゃあ、あたしはもうきれいじゃない、
あの丘であんたが誘惑したときのようには。
でも、どうすればいいの、この秋この子を産んだとき
悪魔があたしの背中を押しつぶしたの。
それじゃ、誰だって醜《みにく》くなっちまう。
だけど、もしあたしを前と同じにきれいにしたいなら
小屋の中にいるあの娘を追い出してちょうだい。
そうすれば、この鼻もとれる――！
ペール　消えちまえ、トロルめ！
女　消えるもんか！
頭を叩き割ってやる！
ペール　やれるならやってみな。ほっほっ、ペール・ギュント。
女　あたしは割られたって平気の平ざ。
毎日ここに戻ってくるよ。

戸口に頭つっこんで、あんたたちをのぞいてやる。
あんたがあの娘と長椅子に座って、
甘くなって、あの娘の体を撫《な》でまわすとき
あたしも横に座って分け前をねだるよ。
二人、替りばんこに、あんたをものにする。
さようなら、愛しい人、あしたが婚礼かね！

ペール　地獄の魔女め！

女　その通りさ！

あんたはこの子を育てるんだよ、早足ペール！

坊や、お父っつぁんのところへ行くかい？

子供　(唾《つば》をひっかけ)　阿呆《あほう》！
斧《おの》で叩《たた》き切ってやるから。待ってろ待ってろ！

女　あらあら、なんてこと言うの、おまえ。
大きくなると、お父っつぁんそっくりになるよ！

ペール　きさまら、消えちまってくれ！

女　ここに現われたときみたいに？

ペール　これがみんな——！

女　心に浮べた欲情のせい。
お気の毒に、ペール！

ペール　ソールヴェイのほうがもっとだ！

女　そうだよ、罪のないものがいつでも苦しむ。

親父が酔っぱらえば、お袋は子供をひっぱたく。

(彼女は子供と一緒に森へ消える。子供は酒の椀をペールに投げつけて去る)

ペール　(長い沈黙のあと)

回り道しろと、くねくね入道は言った。それしかない。

城は崩れた。あの娘《こ》のまわりに壁ができた。

こんなに近くにいるというのに。

なにもかもが醜くなって、喜びは色あせた。

回り道だ、ペール！　あの娘のところに真すぐに通じる道はない！

真すぐに？　ふん、まだ道はある。

懺悔《ざんげ》とかいうものが、どこかに書いてあった、どこだ？　どこに書いてある？　聖書はない。

こんな森の奥に、道しるべなんて、あるわけがない。

懺悔だと？　何年かかるか、

もと通りになるまでには。
琴の糸は切れてもつなげる、割れた鐘はもう駄目だ。
いや！　あんなことは、みんな嘘っぱち！
魔法使いの出たらめだ！　化けものは消えてしまった。もう、どこにもいない。
駄目だ、眼から消えても心からは消えない。
ぞろぞろとあとからついてくる。
イングリも、山で跳ねていた三人の娘も！
化けもの女と一緒になって、
腕に抱いてくれ、やさしくしてくれ、
そっと持ちあげてくれと言ってくる。
回り道しろ、ペール！　おまえの腕がいくら長くても、
松の枝や杉の幹ほどに遠くまでのばせても
あの娘を持ちあげるには短すぎる、
おれの体に近づけすぎて、汚してしまう。
なんとか、回り道をしなくちゃならない、
手にも入れず、なくしもせず、
こういうことは横に押しやって、
忘れてしまうことだ――
（小屋に向って二、三歩進み）入っていく？
こんなに醜くなって、汚れたままで？
入っていく？　トロルどもを引きつれて？
口をきいても黙っている、心を開いても嘘をつく――？
（斧をすてる）聖なる日の晩だ。彼女とこんな風に
一緒になるのは、神さまにそむくことだ。

**ソールヴェイ**　（戸口で）戻ったの？

**ペール**　（低く）回り道！

**ソールヴェイ**　ええ？

**ペール**　待っていてくれ、
暗くなってきた、取ってくるものがある。

**ソールヴェイ**　あたしも手伝う。重いものは一緒に持つ。

**ペール**　いいや、そこに居てくれ！　おれが独りで運んでくる。

**ソールヴェイ**　でも、あまり長くならないでね。

**ペール**　我慢して、ソールヴェイ、
長くても短くても、待っていてくれ。

ソールヴェイ　ええ。待っている！
（ペールは、森の道を去っていく。ソールヴェイは、戸口に立ったまま）

第四場

オーセの家。晩、囲炉《いろり》に薪《まき》が燃え、あたりを明るくしている。猫はベッドの脇近くにある椅子の上。
オーセがベッドに寝て、落ち着かなく寝返りをうつ。

オーセ　ああ、神さま、言っときたいことは山ほどあるのに、
もうすぐおしめえだ、どうすりゃいい。
あの子にもっと優しくしてやってたら。

ペール　（現われる）今晩は！
オーセ　ああ、神さま、ありがたや、
もどって来た、もどって来た！
だけど、見つかったら命はねえぞ。
ペール　ただ来たかっただけだ、
命なんてどうでもいい。
オーセ　ああ、ペール、わしはもうだめだ、
いくらも暇は残っちゃいねえ。
ペール　（身体をそむけ、床を歩く）
そうか、背中の重荷を放り投げて、
ここなら息がつけると思ったんだが——
おっ母、寒くないか。
オーセ　直ぐにお仕舞いになる——そしたらおめえ
お棺を作ってくれ、立派なものをな。
村中、びっくりするくれいな、ぴかぴかしたやつ。
ペール　静かにしなよ、おっ母。
そんなことは、まだまだ先のこと。
オーセ　そうとも、そうとも（不安そうに部屋を見まわし）

奴らが残してったものといやあ、これっきりむごい奴らだ。

ペール　（体を振り向け）また、そんな！

オーセ　（鋭く）わかってる、みんなおれのせい。そんなこと思い出させて何の役に立つ。

おめえの？　とんでもねえ！　あの罰あたりの酒のせいだ。

酔っぱらうとおめえは、自分のすることがわからなくなる。

おまけに牡鹿乗りをやらかしたあとじゃ、頭がふらついていたって無理はねえ。

ペール　さあさあ、やめたやめた。

いやなことあ、みんな脇にどけて、なあ、おっ母、おしゃべりしよう。

苦しい、辛いことはみんな忘れて。

（ベッドに座る）

なんだ、猫じゃないか、まだ、生きてたのか。

オーセ　夜っぴて情けねえ声で泣きくさってわかるか、これが？

ペール　喉は渇かねえか？

オーセ　（微笑《ほほえ》んで）そうじゃ、村のもんが言っとる。山の方ばっかし気にしてる娘が一人いるとな。

ペール　（狼狽《ろうばい》して）喉は渇かねえか、おっ母？

オーセ　その子んとこへ行ってやらにゃ、ペール、その子をなだめてやらにゃ。

ペール　足をのばせるか？　どうだ？

オーセ　わかってるのか、その子の名前は――

ペール　ベッドがちっこすぎるんじゃねえのか、なんだ、これは、おれが子供のときのベッドじゃないか！

おぼえてる、おっ母、晩方になると、おめえはいつもこのベッドの端に座って、歌ったり、本を読んだり――

オーセ　そうだったな、それからおぼえとるか、そり遊びじゃっちゅうて、

お父っつぁんが、出稼ぎに行っていねえときに、蒲団《ふとん》をそりの中の椅子の覆《おお》いにして、床は湖。

氷が厚うはりつめてる――

ペール　そう、そう、それに、なんといってもいちばんは、

オーセ　おぼえてるか、あの美事なお馬――
　　　　おっ母、
　　　　忘れるもんかい！
ペール　あの猫を腰掛けに座らせて――
オーセ　杖を見つけて、それを鞭《むち》がわりに――
ペール　わしは馭者台《ぎょうしゃだい》に陣どった――
オーセ　そうそう、おっ母はときどき手綱ゆるめ、
　　　　振りかえっては、聞いた、寒くねえか、ペール？
　　　　やさしい、おっ母だった。
ペール　どうした？
オーセ　　　　　背中が、
　　　　堅い板のせいで、
ペール　　　　　　　体、伸ばしな、おっ母
　　　　（ペールが彼女の体を支えてやる）
　　　　ほうら、楽になっただろ。
オーセ　（落ち着かず）いや、ペール、わしはもう行っ
　　　　ちまいてえ。
ペール　行っちまうって？
オーセ　ああ、行っちまう、あとの世にな。
ペール　なにをいう、わしらは今から、そりに乗って、
　　　　お城の宴《うたげ》にのりつけるんじゃ。
　　　　おれが馭者台に座る、しっかりつかまりな、
　　　　野原をすっとばすぞ、おっ母！
オーセ　だがなペール、わしも招《よ》ばれてるのか？
ペール　あたりまえだ、わしら二人とも。
　　　　（猫が座っている椅子のまわりに網をまわし、手に
　　　　杖を持ってベッドの前のほうにすわり）
　　　　はいどう！　黒よ！　走れよ走れ！
　　　　ほらほら、動き出したぞ。
　　　　黒が駈け出した。
オーセ　おっ母、寒くねえか、
ペール　ペール、鳴ってるのは何じゃ？
オーセ　ありゃ、銀の馬の鈴じゃ。
ペール　さらさらいう柔かい音は何じゃ？
オーセ　いま湖の上を走ってるんだ。
ペール　乱暴にするんじゃねえぞ！
オーセ　なんじゃ、あそこに光ってるのは？
ペール　あれがお城だよ、おっ母、
　　　　聞えるだろう、踊ってるのが。
オーセ　　　　　　　　　　　　ああ。

ペール　門の外にはペテロお聖人が立っている。
オーセ　わしを出迎えに？
ペール　そうだよ、恭《うやうや》しく、頭をたれて、
いちばん甘い葡萄酒《ぶどうしゅ》をついでくれる。
オーセ　葡萄酒を！　お菓子もあるかな？
ペール　山盛りだ（鞭を鳴らし）
はいどう！　黒よ、走れよ走れ！
オーセ　ペール、大丈夫か道は。
わしは疲れて、気分が悪い。
ペール　もすぐ終わりになるから、おっ母。
オーセ　わしゃ横になって目をつむっとる、
なにもかも、おめえにまかせるよ。ペール。
ペール　走れ、走れ、黒よ走れ、
お城の前には人がいっぱい、
ペール・ギュントとオーセおっ母の御着きだ。
なにペテロの旦那《だんな》、おっ母は入れない？
こんな立派な客はまたといないぞ。
おれのことは仕方がない、
嘘《うそ》のつき放題、悪魔よりひどかった。
だけど、おっ母には、敬意を払ってもらいたい、
いまどきこんな立派なおっ母は
どこの村探したっていやしねえ。
そうれみろ、父なる神さまが、お出ましだ、
（低い声で）
「ペテロよ、ヘッグスタ爺の真似《まね》はやめるがよい、オーセおっ母はフリー・パスであるぞ」
（高笑いして、母親の方へ振りむく）
なあ、おれの言った通りだろ、うん？
（不安になり）
何をみてる、どうしたんだ？
（ベッドの頭の方へ行き）
おい、おっ母、おれだ、口をきいてくれ！
（そっと額と手にさわり、それから縄を投げ出して静かに言う）
そうか、――黒よ、休んでいい、
旅は終った。（彼女の眼を閉じ、かがみ込む）
長い間、世話になったな、
折檻《せっかん》したり、歌うたったり。礼をいうよ――
おっ母もキスをしてくれ、（彼女の口に頬《ほほ》を当てる）

はるばる運んできたお礼にな。

**小作人の女**　（入って来る）ペールか、戻ってたんけえ！　一番の心残りもとれて、まあよく眠っとる——　それとも——？

**ペール**　しっ、死んだよ。

（カーリは死体のそばで泣く。ペールは長い間、部屋の中を行き来する。最後にベッドの側に立って）

**ペール**　おっ母を立派に埋めてやってくれ。おれは旅に出る。

**女**　遠い道のり？

**ペール**　海のむこう。

**女**　そんな遠くまで！

**ペール**　いや、もっと遠くまで——

（ペール、去る）

# 第四幕

## 第一場

モロッコの西海岸。海辺の椰子林の宴。テーブルの上には食物が並べられてある。日よけ、トウシングサの敷物、林の奥にハンモックがつってある。陸から離れたところに、ノルウェーとアメリカの旗を立てた蒸気快走船が碇泊《ていはく》している。岸にはボート。日没近くである。給仕たちが忙しげに食事の給仕をしている。

ペール・ギュントは優雅な旅行服を着た立派な中年の紳士。主人役として一座をとりもっている。一座はイギリス人のマスター・コットン、フランス人のムッシュウ・バロン、ドイツ人のエーベルコップ、スウェーデン人のトルムペーターストローレで、ちょうど食事が終わるところ。

ペール　さあさ、諸君、盃《さかづき》をぐっとぐっと――

人々　いやあ、これはまた、感謝々々――

人々　豪勢ですなあ、豪勢ですなあ――

ペール　人間が作られたのは楽しみのため。
だから楽しもうではないか。
聖書にも書いてある。失われしものは失われ、
去りしものは去りし。――何を飲むかね！

トルムペーターストローレ　ギュント君、あんたは申し分ない主人役だね！

ペール　いや、その名誉は、わが輩《はい》の金のお蔭
それから、コックと給仕役――

マスター・コットン　ヴェリ・ウェル（結構）！
金とコックと給仕に乾杯！

ムッシュウ・バロン　ムッシュウ、あなたのエスプリはすばらしい！
近頃のパリ人にもみられない
トーンがある。あるいは、そのう
なんといったらよいか――

エーベルコップ　ある情緒、
覚醒《かくせい》せる精神的雰囲気の中で
世界市民的明晰《めいせき》さを保持した
弁証法的三角形を形成する
原自然。違いますか、ムッシュウ？

ムッシュウ・バロン　多分ね。しかしフランス語なら、もっと
きれいに聞えますがね。

エーベルコップ　おお、ヴァス（馬鹿な）！
それより、この現象の根源を探るなら――

ペール　すでにわかっている。理由はすべて
わが輩が独身だということ。
諸君、事は明々白々、
男子なんたるべきか、おのれ自ら。
これがわが輩の単純なる答え。
人間は、おのれを可愛がらねばならない。
それが出来るかね、いったい、駱駝《らくだ》みたいに
瘤《こぶ》つきの上に、まだなにかを背負わされていて
は？

エーベルコップ　そうはおっしゃるものの、この即自にして対自
たること、

それを保持するのは大変だったでしょう。

ペール　まあね、大変なこともあったな、昔は。
一度など、もうすこしで罠《わな》にかかって
意に反した結婚をさせられるところだった。
わが輩は美男子でね。手も早かった。
わが輩が懇《ねんご》ろになった女性は、
もと王家の生まれでね——

マスター・コットン　でも、話は駄目になった？

トルムペーターストローレ　家族が反対した？

ペール　全然違う！　いいかね、
わが輩とその女性を早く一緒にさせようとする
それ相当の理由があったわけだ。
しかし実をいうと、この話は始めから
わが輩の好みには合わなかった。
これでも、なかなかの面食いでね。
ところが娘のおやじは猫なで声で
わが輩の名前も地位も変えた上に
貴族の称号まで棄《す》てろときた。
その他あれやこれや、口に合わなくても
無理矢理、喉を通せというわけ。
そこでわが輩は威厳を保って引きさがった。
おやじの要求をきっぱり拒否して
若い花嫁との縁を切った。

ムッシュウ・バロン　それで事はおしまい？

ペール　いやそれからが大変！
有象無象、関係のない輩《やから》までが、
物凄《ものすご》い叫びをあげてとびかかってきた。
いちばんひどいのは家族の中の若い連中、
その七人までとわが輩は決闘をした。
まあ、幸いにも、切り抜けはしたが、
あの日のことは一生忘れない。
たしかに血は流した。しかしその血は
わが輩の値打ちを高めただけだ。
しかもよく言われるように、運命の賢明なる
支配力を一層明らかにしただけだ。

エーベルコップ　深い人生理解、偉大なる思想家、
しかもあなたは、学校は行かなかったそうです
な？

ペール　わが輩はご存知のように、骨の髄まで独学もの。
系統立った学問はしたことがない。

しかしすべてのことを少しずつかじった。
学問はすべてを呑《の》み込むためではなく
役立つものを見つけるためにすべきなのだ。

**マスター・コットン** これは実際的だ！

**ペール** （シガーに火をつけ）親愛なる諸君！
わが輩の経歴を考えてみてくれたまえ、
初めて西の国にきたときどうだったか、
わが輩は一文なしの貧乏小僧、
まずは食うために働かねばならなかった。
しかし幸運の女神はわが輩を贔屓《ひいき》した、
運命の爺さんは融通がきいた。
事は進む、わが輩は目先がきいたから、
事はますます上向きに進む。
十年たったときわが輩はチャールスタウンで
経営の神様と人にあがめられていた。
実はわが輩の船には金のなる木が積まれておっ
たんだよ。

**マスター・コットン** なにを運んだんです？

**ペール** 主にわが輩は
アフリカ黒人をアメリカへ、
偶像を中国に運んだ。

**ムッシュウ・バロン** フィ・ドンク（とんでもない）！

**トルムペーター** とんでもない、ギュントさん！

**ペール** 諸君はこの仕事を鼻もちならぬと思うだろう。
わが輩自身強くそう感じた。
へどが出そうな気持ちさえした。
しかしね、諸君、いったんことを始めると、
やめるのはなかなか難しい。
特にこういう巨大なビジネス、
何千という雇人をかかえたものになると、
いきなり事業を中止するのは
そう簡単なことではない。
「いきなり」というのはわが輩のとるところでは
ない。
しかしいささか限界を踏み越えたときには
少々気がふさいだものだ。
それに齢《よわい》も五十になんなんとしていた。
健康はいまだ申し分なかったが、
いつ最後の審判が下されるか
誰にもわからない。いったい、

どうすればいい。そこで
わが輩は解決策を見出した。
春に偶像を輸出して、
秋に牧師を送り込む。
偶像が一つ売られるたびに、
一人の中国人が洗礼を受けた。
それで差し引き勘定はゼロになる。

マスター・コットン　それで、アフリカの品物は？

ペール　そこでもわが輩の道徳が勝利をおさめた。
人はいつ死ぬかわかったもんじゃない。
奴隷反対の陣営が仕掛けてくる
罠《わな》が幾千も転っている。わが輩は考えた、
「ペーター、別の帆をあげろ」
「誤ちを正すよう心がけよ！」
そこでわが輩は南部に土地を買い
学校を建て、やつらの品質管理に努めた。
現在は、しかし、完全に足を洗っている。
だからわが輩は思うのだが、悪をなさざるは
善を行なうに等しい、というのが真実なら、
昔の誤ちはもはや忘れられ、
普通以上の美徳によってわが輩の
罪は洗いきよめられているはずだ。

エーベルコップ　なんたる感動！　人生哲学が
理論に溺《おぼ》れず、実践に裏打ちされている！

ペール　（これまでの場面で絶えず飲みつづけている）
大胆不敵さのコツとはそも何か？
行動する勇気を持つためのコツとはそも何か？
それは落し穴に満ちた人生の荒野に
絶えず可能性を残して立っていること。
戦いは一生終らないと、
しっかり肝に銘じておくこと。
いつでも引き退ることができるように
常にうしろに橋を作っておくこと。
この理論がわが輩に成功をもたらした。
わが輩のあらゆる行動を彩《いろど》った。
この理論は故郷の国民性から受け継いでいる。

ムッシュウ・バロン　あなたはノルウェー人ですね？

ペール　生まれはそう。
しかし育ちはコスモポリタン。
わが輩の生活は世界各国の恩恵を受けている。

アメリカからは資本主義
ドイツからは観念論
フランスからはシックなモード
イギリスからはコモンセンス
ユダヤ人の吝嗇《りんしょく》
イタリアからは甘い生活
そして何よりの恩恵は
スウェーデンの鉄のお陰。

トロンベーターストローレ　ああ、スウェーデンの鉄——

エーベルコップ　鉄の武器に
先ずいちばんの乾杯を！
（互いにグラスを交わす）

マスター・コットン　それらすべては大変結構——
バット・サー、あなたは貯《た》めたお金を、
これから何に使うおつもり？

ペール　ふん、何に使うかって？

四人　ええ、聞かせて下さい！

ペール　まず初めは海を巡る。
だから諸君を船にのせて
地中海を航海してきた。
ともども黄金の祭壇をかこんで
歌い踊る仲間を求めたのさ。

エーベルコップ　お見事、お見事！

マスター・コットン　しかし誰もただ
海を旅するだけで満足するはずはない。
あなたはもちろん、目的がおありになる。
で、その目的は？

ペール　皇帝になること。

四人　ええ？

ペール　（うなずいて）皇帝！

四人　どこの？

ペール　世界中の。

四人　どうやって——？

ペール　金の力で
この計画はなにも今思いついたことではない。
子供のときからずっと頭の中にあった。
わが輩はよく夢想した、雲にのって大海を駆け
巡る——
そしていきなり地面に墜《お》ちて四つんばいになった。

しかし理想は、諸君、揺らぐことがなかった。本に書いてある、どこだったかちょっと憶い出せないが、

エーベルコップ 「たとえこの世のすべてを手に入れようと、おのれを失えば、骸骨《がいこつ》を飾る冠にすぎん」でもギュント的おのれとはいかなるものですか？

ペール （次第に高まる感情の中で）ギュント的おのれ、それはそもそも希望、願望、欲望の山、ギュント的おのれ、それはそもそも機智、欲求、追求の海。しかしね、天にまします方も神たるためにはこの俗世界を必要とするように、わが輩もまた、皇帝となるためには金の必要性を感じるわけだ。

ムッシュウ・バロン もう持ってるでしょう、お金は。

ペール まだまだ。そりゃあ、小さな国で三日天下を握るくらいはある。

しかしわが輩はわが輩そのもの、三千世界の上に立つサー・ギュントとなる。

エーベルコップ （興奮して）ハイル、ハイル、ハイル！

マスター・コットン それにはまず、利潤の上がるビジネスを――

ペール すでに見つけてある。それがここに錨《いかり》をおろしたそもそもの理由。今晩北に向けて出航する。船の中で重大ニュースの電報を受けとった。

四 人 なんです、それは？

ペール ギリシアが反乱をおこした。

四 人 （とび上がって）ええ、ギリシア人が！

ペール 立ちあがった。

四 人 万歳！

ペール そこでトルコが苦しんでいる。

ムッシュウ・バロン ギリシアへ、ギリシアへ！

エーベルコップ 遠くから応援しよう！

マスター・コットン 武器契約は結んでおいて

トルムペーター 手をかざして眺めよう！

ムッシュウ・バロン （ペールの首に抱きつく）許して下さい、あなたを誤解していた！

エーベルコップ　（手を握り）　私は愚かだった。
あなたをならずものだと思っていた！

マスター・コットン　ならずものとはちときつい、ただの馬鹿ものだ
と――

トルムペーター　（キスしようとして）おれはあんたを、最低の
ヤンキーかぶれだと思ってた――
許してくれたまえ！

ペール　なんの話かね？

エーベルコップ　今こそともに、
希望、願望、欲望に包まれて
全ギュント軍の光栄の中に――！

ペール　だけど、いったい――？

ムッシュウ・バロン　おわかりにならない？

ペール　首かけてわからないね。

マスター・コットン　だってあなたは
ギリシア人援助にかけつけるんでしょう？

ペール　（鼻を鳴らし）
いや結構！　わが輩は強きに味方する。
だからトルコ側へ金を貸すんだ。

ムッシュウ・バロン　まさか！

エーベルコップ　面白い冗談！

ペール　（やや沈黙のあと、真面目な表情で）
ねえ、諸君、我々は
ここで別れたほうがよさそうだ、
友情の最後の一片まで煙と化する前にね。
持たざるものは勝手なことをいう。
しかし、一財産あるものは、
グローバルな責任を担っている。
諸君はギリシアへ行きたまえ、
ただで運んであげる。武器も差しあげる。
諸君が戦火を煽《あお》れば煽るほど
わが輩の儲《もう》けは益々ふえる、
自由と正義を旗印に、
嵐の如くトルコ軍に襲いかかれ！
そして大砲の的になって名誉の戦死を遂げたま
え――
だがわが輩はごめんだ。金をもっている。
それにおのれ自ら、サー・ペーター・ギュント。
（林の中へ入っていく）

トルムペーター　汚らわしいやつ！

ムッシュウ・バロン　名誉意識、ゼロ！

マスター・コットン　名誉なんか、どうでもいいが、
考えてみたまえ、あの国をトルコから自由にすれば
莫大な利潤をあげることが出来る――

ムッシュウ・バロン　ぼくはギリシア娘に囲まれた絵を想像したのに！

エーベルコップ　わたしは偉大なるゲルマン文化が
ついにギリシアを征服すると考えたのに！

マスター・コットン　ガッデム（ちくしょう）！
オリンピアの山には、もし報告通りなら、
無尽蔵の鉱石が埋まっているはずだ。

トルムペーター　こうなってもおれは行くぞ、
スウェーデンのサーベルは
ヤンキー・ゴールドより値打ちがある。

マスター・コットン　しかし雑兵の群に入って、
どうして利潤があげられるかね？

ムッシュウ・バロン　畜生！　幸運の頂から
墓穴まで真っ逆さまだ！

マスター・コットン　あの船に積んでいる金庫の中に
黒人の汗からしぼりとった黄金がつまってる！

エーベルコップ　素晴らしいことを思いついた！
これであいつの帝国もおしまいだ！
万歳！

ムッシュウ・バロン　どうするんです？

エーベルコップ　実力行使だ！
船員を丸め込んで、ヨットを奪い取る！

マスター・コットン　なんですって、あんた――？

エーベルコップ　なんだって、やってやる！
（ボートへおりていく）

マスター・コットン　どちらがより多くの利潤をあげられるか――
よし、わたしも加担しよう。（ついていく）

トルムペーター　しかしそれは略奪だ――

ムッシュウ・バロン　犯罪行為だ！
だが、アンファン（まあまあ）！（ついていく）

トルムペーター　おれも行った方がいいかな――
しかし、全世界にむかって抗議だけはしておく
――！（ついていく）

## 第二場

海岸の別の場所。月の光。雲行きが悪い。快走船は遥か彼方をフルスピードで走っていく。ペールは岸に沿って走っている。腕をつねったり、海の方を眺めたり。


ペール　夢だ！　幻だ！　目を覚ませ！

離れていく！　どんどん遠くに消えていく！

（手をくねらせ）

酔っぱらってるんだ！　眠ってるんだ！

こんなところでくたばるなんて、――馬鹿な！

（髪をかきむしる）

夢だ！　夢にしてみせる！

だがどうやって？　だめだ、真実だ！

こともあろうに友だちが――！　ああ、主よ、
賢明なる正義の神よ！　やつらに天罰を――！

（腕をさしのべ）

私ですよ、ペーター・ギュントですよ！

お願いです、主よ、父よ、さもないと
おれは死んじまう！

船をとめて下さい。泥棒どもを引き戻して下さい！

他のことは放っておいて――

しばらくくらい、世の中はひとりでやっていけますよ。

駄目だ、聞こうとしない。

神さまは、いつだってこうなんだ！

（上にむかって手をふる）

ねえ！　おれは奴隷商売から足を洗った。

宣教師をアジアに送った。善い事には
少しくらいお返しがあってもいいはずだ！

ああ、船をとめたまえ！

（船から火柱が立って、もうもうたる煙が天を覆う。爆発音。ペールは砂に伏す。やがて煙が消え、船はもうない）

ペール　（真っ青になって）　天罰がくだった！
人も鼠《ねずみ》もいっしょくたに海底へ！
ああ、ありがたい！　神さまは私を守っていて
　くださる。
私の罪科にもかかわらず、目をかけて下さる。
なんという慰め！　安心感！
自分が特別に保護を受けているなんて。
だが、砂漠の中！　食物や飲物はあるかな。
大丈夫！（声高に、これみよがしに）
　　　神さまは決して
哀れな小羊を死なせたりはなさらない！
驕《おご》り高ぶらず、静かに待とう。
（驚いてとびあがる）
なんだ！　あの声はライオンか？
いいや、違う。ライオンなんか平気さ。
獣は、おのれより優れたものには噛《か》みつかない。
でもやっぱり、おれは木に登ろう――
むこうに椰子《やし》の木がある。
そのほうが安全だし、寝床にもなる――
そこで二つ三つ讃美歌《さんびか》でも歌おう、それでいい。
（登る）
明け方と夕方は相似て非なり。
この聖書の文句はよく論じられる。
高尚な考えは金より役に立つ、
ひたすら神さまにおすがりする、神さまは
おれという人間を見守ってくださる。
（海を見やり、ため息をつく）
だがそれにしても、経済観念、
それは神さまはお持ちじゃない！

## 第三場

夜。砂漠との境にあるモロッコの陣営。たいまつ
　を持った兵士たち。

奴隷　（髪をむしりながら）皇帝陛下の白馬がいなくなった！
別の奴隷　（着物を引き裂いて）皇帝陛下の聖なる衣が盗まれた！
上等兵　泥棒を捕えなければ、きさまたち、鞭《むち》で百回ひっぱたいてやる！
（兵士たちは馬にとびのって散っていく）

第四場

夜明け。アカシアと椰子の木の群れ。ペール・ギュントは木の上で枝を手に、猿の群を追い散らしている。


ペール　ひどい！　たまらない夜だ。（まわりを叩く）

また来た。今度は木の実をほうりつける。

実に嫌な動物だ、猿ってやつは！

（また猿たち騒ぐ。いらいらして）

この気違い騒ぎをやめさせてやる。

絞め殺して、皮を剥《は》ぎ、体にまいて
そっくりになる。そうすれば、おれを猿だと
思うだろう。人間とは何だ？　ただの塵芥《ちりあくた》。

習慣にはすぐになれる。

またやってきた！　大変な数だ！

どけ！　しっしっ！　まるで気違いだ。

おれにも尻尾があったらな、何か猿に似たもの。

何だ。頭の上でまた騒ぎ出した！　（上を見る）

あの年寄り野郎、ゴミをいっぱい手にもって――

（共にうずくまって相手をうかがう。しばし静か。猿が身体を動かす。ペール・ギュントは犬に対するように、あやしながら話し始める）

よう――大将、大将よ！　あんたは、話がわかるもんな、
変なもの投げたりしないよな――いや、とんでもない、おれだよ！

ピップピップ、おれたち仲間だよ。

親戚みたいなもんじゃないか、あした砂糖をや

ろう、
畜生！　ゴミをぶつけやがった！　汚ねえ！
それとも食物か。ペッ、ひどい味だ！
だが味だけじゃわからない、良薬は口に苦しだ、
今度は若い連中だ！（争って）
万物の霊長たる人間が
こんな目にあわされるなんて。
助けてくれ、人殺し人殺し、
でっかいのは処置なしだが、小さいのはもっと
ひどい！

第五場

早朝。砂漠を見渡す岩地。一方は崖にほら穴。泥棒と盗品買いが、皇帝の馬をつれ衣類を持って崖に立っている。馬は立派な鞍をつけ、岩につながれている。遠くの方に馬方が見える。

**泥　棒**　槍の矛先《ほこさき》は
なめるが如く、なめらか
ほらほら
**盗品買い**　頭が砂の中を転がる思い――
ああ、ああ――
**泥　棒**　おやじが泥棒なら
倅《せがれ》も泥棒する。
**盗品買い**　おやじが盗品買いなら
倅も盗品を買う。
**泥　棒**　すべては身の定め
おのれ自ら。
**盗品買い**　（きき耳を立て）
茂みに足音！
逃げろ――！
**泥　棒**　だがどこへ？
（彼らは盗品をおいて逃げ去る。馬もおいていく）
（ペールが草をかきわけて出てくる）
**ペール**　なんて気持のいい朝だろう！
甲虫は砂の上で玉をころがし

蝸牛《かたつむり》は殻から頭を出して這《は》いまわっている。
朝、ああ、それは黄金のとき――
人は安らかさを感じ、勇気があふれる。
なんて静かなんだ！　大都会に身をさらし
喧騒《けんそう》に溺《おぼ》れるなんて愚《ぐ》の骨頂――
　（鼻眼鏡を出して）
蛙だ、砂漠の石ころの間に、
首だけ出している。ここから
世の中を眺め、おのれ自らに満足している
（考える）
満足？　おのれ自らに――？　どこに書いてあ
　ったんだ？
子供のとき聖書で読んだ？　それとも
説教の本だったか、ソロモン事典か。
情けないことに歳をとるにつれて
時間と場所の感覚が薄れていく。
（考えをふり払い、葉巻タバコに火をつける）
広い砂漠だなあ！　なんのために
神はこの不毛の地を作りたもうたのか？
海ははるか西の彼方。うず高い
砂の丘を越えていかなくちゃならない。
　（考えがひらめく）
そうだ、もしかすると丘はそんなに
大きくないかもしれない。ここを切り開いて
運河を作ったらどうだ！
生命の源、水を砂漠に満たせば
焼けつく墓場がたちまち息を吹き返す！
ゆれる椰子のまわりは草原となって
人々は次々に町を築く。
サハラは新しい文化の海浜国、
工場ができ、煙突が立つ。
おれはここにノルウェー人種を植民しよう。
ノルウェーの血は万世一系
尊い王家の流れをくんでいる。
残りはアラブの混血で埋め立てて
首都ペールポリスを築き上げる。
世界はもう古い！　今やおれの新しい世界、
ギュントヤーナの時代がくる！
（とびあがって）
問題は資本だ！　そうすれば成功疑いなし――

おれはノアの方舟の鳩のように
世界中の資本家にダイレクトメールを送ろう
この新国家のために投資をつのる！
前進だ、まずは東か西か！
馬をくれ！　おれの王国――の半分と引き替え
　よう！
（馬がいななく）
馬だ！　衣裳も、宝石も武器も！
信じられない！　そういえばどこかで
一念、山をも動かすと読んだことがある――
しかし馬まで動かせるとは――
どうだっていい、ここに馬がいることは事実！
事実から可能性を論じるはよし、逆また真なら
　ず――
（衣をまとってみる）
サー・ペーター、頭から爪先までトルコ人！
いやあ、先のことは本当にわからない――
走れ、走れ、お馬よ、走れ！
のってる馬みりゃ、育ちがわかる！
（砂漠を駈けていく）

## 第六場

オアシスの中のアラブ部族首長のテント。歌と踊り。
ペールは東洋風の衣で蒲団の上に休んでいる。
コーヒーを飲み、長いパイプを吸い、女たちの歌と踊りを眺めている。

**女のコーラス**　予言者は来たれり！
すべてを知る御方
砂の海を駈けて
我らのもとに来たれり！
過ちを知らぬ御方
砂の海をぬけて
われらのもとに来たれり！
笛を吹け、太鼓を鳴らせ、

アニトラ　予言者は来たれり、予言者は来たれり！
彼の人の乗り物は、
ミルク河のように白いお馬。
膝を曲げ、頭を垂れよ！
かの人の目は星
輝く光はやさしくまばたく、
砂漠を越えて、かの人は来たれり、
聖なる御方、人の子に身をやつし
砂漠をこえて彼の人は来たれり！

女のコーラス　笛を吹け、太鼓を鳴らせ、
予言者は来たれり、予言者は来たれり！

ペール　本で読んだことがある。あの諺《ことわざ》は本当だ——
「予言者郷里に入れられず」
おれはいったい何がしたかったんだろう？
あんな貿易業の仲間と金袋をごぞごぞかきまわ
　して。
あの仕事全体にはどこか間違いがあった。
金を土台にしておのれ自らとなるのは
砂上に楼閣を築くに等しい。
だが、予言者、これは確固たる地位だ。
足を地につけている。
証明書や免許証をもつ必要もない——
予言者、そう、これはおれにもってこいだ。
しかも思いもかけずそうなった。
ただ砂漠を駈けてきただけ、
そして途中で自然の子らに出会っただけ。
予言者は来たれり。おれにだます気は全然ない。
嘘《うそ》と予言とには雲泥の差がある。
それにおれは、だれにも縛られていない。
いつでも引きさがることができる。
馬も用意してある。一口にいって
おれはこの手に状況をつかんでいる。

女のコーラス　予言者は善なり
予言者は真なり
予言者は愛なり
予言者は美なり。

ペール　（アニトラを目で追いながら）
あの脚の動きはどうだ、実にうまそうだ！
体形はいささか美的標準からはずれているが
しかし美とはなんだ！　ただの習慣だ——

一定の場所と時代にしか通用しない硬貨だ。
あれの脚はきれいというのではない。
腕も違う。だがそんなことは欠点ではない。
おれはむしろそれを特徴と呼ぶ――

アニトラ　アニトラ、お聞き！

ペール　（近づいて）　ご主人さま！

アニトラ　おまえは魅惑的じゃ。予言者は心を動かされた。
おまえをパラディソの天女にしてやろう。

ペール　嘘でしょう！

アニトラ　　　　　　　嘘じゃない！

ペール　真実だ。

アニトラ　でもあたしには魂がない、

ペール　　　　　　　　　　　　だから与えよう。
ここにおいで！　頭の大きさを計ってやる。
余地あり、余地あり、ちっちゃな魂くらいなら
おまえにも十分持てる。

アニトラ　予言者は善なり――

ペール　　　　　　　　　なにを望む、言ってごらん。

アニトラ　あたしがほしいのはどっちかって言うと――

ペール　　　　　　　　　　　　　　　　　恐れずに話してごらん。

アニトラ　魂なんかどうでもいい。それより欲しいのは――

ペール　なんだ？

アニトラ　（彼のターバンをさし）その美しいオパール！

ペール　（魅惑され、宝石をわたしながら）
アニトラ！　イヴから生まれた娘。
わしはおまえの磁力に引かれる！
わしが男だから。かの有名な作家が書いたように
「永遠なる女性はわれらを引きつける！」

### 第七場

月夜。アニトラの住むテントの外の椰子《やし》の繁み。ペールがアラブ琴をかなで、目に見えて若返り、アニトラが側に寝そべっている。

ペール　（歌う）ぼくは天国の扉をしめて
鍵をポケットに入れた。
美わしの乙女が岸に伏して
棄てられた身を嘆いているとき
北風に送られて海に乗り出た。

南へ南へ船は進んだ、
潮の流れを越えて。
波打ち寄せる入江を飾り
そびえ立つ椰子が揺れるところ
ぼくは船を火の中にくべた。

アニトラ、おまえは椰子の汁
それをぼくは知っている！
アンゴラ山羊のチーズさえも
誰が甘いというだろう、
ああ、アニトラ　おまえにくらべれば！

わしは、猫どもが餌《えさ》を求めて
鳴きわめく声に目が覚めた――

アニトラ　まあ、餌ではなくてご主人さま
もっと悪いことを求めているんです。
ペール　それはなんだね？
アニトラ　まあ、恥かしい――！
ペール　多分それは
わしがおまえにオパールをやったとき
わしの体が求めたものかな？
アニトラ　この世の宝であるご主人さまが
汚いノラ猫と同じだなんて！
ペール　恋の思いから眺めれば
ノラ猫だって予言者だって
行きつく先は同じこと。
アニトラ　まあ、その唇から冗談ごとが。
ペール　いや、おまえも外見だけで人を判断する。
わしは冗談が好き、とくに若い女と一緒のときは。
身分が身分だから、厳めしい顔を作っているが、
昼間の仕事はわしを疲れさせる。
だがおまえと二人なら、わしはペール、そう
予言者なんか追いだして

わし自らは、ほら、おまえのもの！
（彼女を引き寄せ抱く）

アニトラ　ご主人さま、あたしはただ聞いているだけで、
魂を手に入れることができますの？

ペール　精神の光、知恵である魂は、
やがてまちがいなくさずけてやろう。
だが、魂なんてものは、よく考えれば、
重要でもなんでもない。
大切なのは、いいか、心だ——

アニトラ　お話し下さい、ああ、ご主人さま、
あたかもオパールからさす光を見るようです！

ペール　ずるさも頂点に達すると馬鹿になる。
臆病の蕾《つぼみ》も花開くと残酷になる。
真実もあまり遠くまで求めすぎると
裏返しの知恵となる。
そうだ、お前——わしは犬みたいに
棄てられてもいい、もし世の中が、
魂ばかり食って、ものわかりのほうは
一向に悪いという連中に満ちていないならば。
わしはそういう奴を一人知っている。

大勢の中ではひときは光る男。
その彼でさえ目的を見誤り
騒ぎの中で人生を無駄にした、——
見てごらん。オアシスを囲む、この砂漠を、
わしはただターバンを振るだけで世界中の
海をわき立たせこの不毛の地に
満ち渡らせることだって出来るんだ。
だが、そうやって海や陸を作ったりするなら
わしはとんでもない愚か者だ。
生きるとはどういうことか知っているか？

アニトラ　お教えください！

ペール　それは足を濡らさずに
流れに漂い時代の河を下ること、
完全におのれ自らを保ちながら。
ただ男たることの力によって、おまえ、
わしは、おのれ自らとなることができる！
年老いた鷲《わし》は羽を落とし、
年老いた乞食はやせおとろえ、
年老いた女は、口の歯を失くし、
年老いた男は手が皺《しわ》くちゃになる。

誰も彼も、魂が枯れる。
若さだ！　若さだ！　わしは征服する、
サルタンの如く熱気にあふれ、――
椰子の葉や蔓草《つるくさ》の生い茂る
ギュントヤーナの岸の上ではなく、
一人の女が抱く処女のような、
清らかな思いを土台にして。
　今こそおまえ、わかったろう、
なぜわしが慈悲深くおまえをとらえ、
なぜ、ことさらおまえの心を選んで
わしの存在のカリフの地位を築いたか？
わしはお前の憧れを一人占めする。
わしの恋の王国をこの手に握る！
おまえは、ただわしだけのもの。
わしは、黄金や宝石同様、
おまえをとらえて離すまい。
わしらが別れたら人生は終わり――
すくなくともおまえにとっては。いいかね！
お前の体は、すみからすみまで
わしが入り込んで満たしてやろう。

おまえの髪の真夜中の贈り物、
魅惑的なものすべてが寄って
バビロンの庭のようにわしをサルタン王の
逢い引きの場へと招きよせる。
　だから本当のところ、都合がいい、
おまえの頭が空っぽなのは。
人は魂を持つとおのれ自らが、
なにかすぐに考えだす。
魂の居場所には、わしが入り込み、
体の隅々まで満たしてやろう。
　（アニトラは鼾《いびき》をかく）
なんだ？　眠っているのか？
わしの言葉は素通りか？
いいや、これこそわしの力だ
わしの恋の囁《ささや》きにのって
夢の国へと誘《いざな》っていった。
そうら、宝石だ、胸飾りもあるぞ――
眠れ、アニトラ、おれの夢をみて
おれの額を冠で飾ってくれ！
ペール・ギュントは今宵《こよい》見事に

人格による勝利を手に入れた！

第八場

キャラバンの道。遠く後方にオアシスが見える。ペール・ギュントが白馬で砂漠を駈けていく。鞍の前にアニトラをのせている。

アニトラ　離して、噛《か》むわよ！
ペール　可愛い小判鮫《さめ》！
アニトラ　なにをしようっていうの？
ペール　いたずらごっこ！
アニトラ　恥しくないの！　年寄りの予言者が――
ペール　馬鹿な！　予言者は年寄りじゃない！　年寄りにこんなことができると思うか！
アニトラ　離して！　家に戻るの！
ペール　なんだ？　家に戻る？　義理の父親！　こいつはいい！　わしらは気違い鳥、籠《かご》から飛び立った。二度とあいつにはお目にかかれない。その上おまえ、人は同じ場所に長居をするとだめになる。心やすくなると尊敬されなくなる。とくに予言者なんかで現われたときはな、いい潮時だ。砂漠の子らは魂がふらついている。しまいには礼拝にもこなくなった。
アニトラ　でも、あんた、本当に予言者？
ペール　おまえの皇帝だ！（彼女にキスしようとする）あいや、この小さなキツツキの気位の高いこと！
アニトラ　そこにはめいている指輪をちょうだい！
ペール　いいともいいとも、可愛いアニトラ　こんなガラクタはみんなやるよ！
アニトラ　甘い言葉、歌みたいに響く！
ペール　幸せだなあ、かくも深く愛されているとは！

わしは降りて馬を引こう。おまえの奴隷だ。
(彼女に鞭《むち》をわたし、馬をおりる)
わしは砂の上を歩いていく。たとえ
日射病で倒れるとも。
わしは若いんだ、アニトラ、見ててごらん。

アニトラ　ええ、あんたは若い。もっと指輪ある?

ペール　そうら、やるぞやるぞ! つかめつかめ!
牡鹿《おじか》みたいにとびあがるぞ!
ブドウの蔓《つる》があれば頭を飾りたい。
ああ、本当にわしは若い! おい踊るぞ!
(踊りながら歌う)
ぼくはおんどり　とっても幸せ
ぼくをつついて! 可愛いめんどり。
あいや、とんで! かけまわる――
ぼくはおんどり、とっても幸せ!

アニトラ　ほんとに面白い、予言者踊り!

ペール　(膝をついて) おれに何か試練をくれ!
恋する心には苦しみもまた甘い。
いいか、おれの城に戻ったら――

アニトラ　ええあんたの天国――まだ遠いの?

ペール　そう、二千里――

アニトラ　遠すぎる!

ペール　なんのなんの、
約束どおり、魂をやる。

アニトラ　魂なんか結構! でもあんた、苦しみたいっ
て?

ペール　そうだ、そうだ、うんとすごいの――
だが短いのをね――せいぜいが二、三日!

アニトラ　アニトラは予言者に従う! ――さようなら!
(彼女はペールに激しく一鞭あてて馬を蹴《け》って駈け
去る)

ペール　(雷に打たれたように呆然《ぼうぜん》と立ちつくす。長い間)
いや、また、なんて、まあ、こんな――!

## 第九場

ペールは考えに沈み、ゆっくり一枚一枚トルコの服を脱ぐ。そして再びヨーロッパ風の姿に戻り、最後に上着のポケットから旅行帽を出してかぶる

**ペール** （ターバンを遠くへ投げすて）
あそこにトルコ人、おれはここに立つ！——
やつら異教徒の習慣は、おれには全然あわない。
運がよかった、身につけるものだけですんで
——
あんな連中と一緒に何がしたかったんだろう？
人はキリスト教徒として生きるのが最善。
孔雀《くじゃく》みたいにうぬぼれるのはやめて
教えや掟《おきて》に従っておのれ自らとなる。そして
最後に葬《とむら》いの言葉と花輪をもらうことだ。

（二、三歩あるく）
あの売女《ばいた》め——あやうくおれの頭を
狂わせるところだった。なにがおれを
ふらつかせ、ぽーっとさせたのか、
それがわかれば、おれはトロルだ！
まあ、よかったこれで終わって！　戯れも、も
う一歩進めば
いい笑いものになるところだった！
確かにおれは過ちを犯した——だが、まだ慰め
になる、
それは悪かった身分のせいだから、
おれの人格がつまずいたのではない。
おれを陥《おとし》れて味気ない思いをさせるのは、
予言者としての生活だ。
やることはあたかも霧の中をさまようように
まともな人間として振る舞うが最後、
とたんに予言者として破滅する。
結局のところ、おれは仕事に忠実だったわけだ、
それにしても——（爆笑する）
考えてもみろ！

とんだり跳ねたり、寄る年波に逆らって
琴をひいて恋を囁《ささや》き、しまいには
おんどりみたいに、毛をむしられる！
こいつは予言者的熱狂というやつだ――
むしられたよ、畜生め、ひどくむしられた！
もちろん手の裏には少し隠しておいた、
ポケットにも残っている。アメリカにもいくら
かある。

だから完全に落ちぶれたわけじゃない。
それに、中どこ平均ってところが一番。
過ぎたことに未練はない――
「行くも戻るも同じく遠い、
出るも入るも同じく狭い――」
ありがたい本にそう書いてあった。
これからなにか新しいこと
高尚なことをやるべきだ。
おれの人生記録を書いたらどうだろう？
他人の道しるべとも模範ともなる本を。
それとも、待てよ――。時間はたっぷりある。
これはどうかな、研究旅行中の学者として

隠された十字架を探りあてるというのは。
そうだ、これこそおれにもってこいだ、
そりゃあ、予備知識は完全じゃないが、
歴史なんてものは、出発点が間違ってるほうが
しばしば結果は独創的になる――
生きている人間なんか糞くらえ、
現代は靴の裏にも値しない。
男どもは意気地がなく、人の顔色ばかりうかが
っている。
（肩をすくめ）
それに女たち、やつらほど性格が弱いものはい
ない！

## 第十場

夏の日、北国の山上高く。大きな森の中の小屋。鍵のとりつけられた木で作った扉が開いている。扉の上にトナカイの角。壁の側には一群の山羊がたむろしている。金髪の、見目のよい中年の女が外に座って、日の光にあたりながら糸を紡《つむ》いでいる。

**ソールヴェイ** （道の下の方を一瞥《いちべつ》して、歌う）
冬も春も、そして、次の夏も過ぎ
一年がまた流れ去る。
でもわたしにはわかっている、あんたはいつか
　戻ると。
だからわたしは待っていよう、あんたに約束し
　た通り。

（山羊をあやし、再び紡ぎながら歌う）
この世でのあんたの歩みを神さまが見守り下さ
　いますように！
神さまの御前に立って、あんたが祝福を受けま
　すように！
ここでわたしは、あんたが帰るのを待っている。
でもあんたがあの上で待つなら、そこで合いま
　しょう！

## 第十一場

エジプト。朝明け。砂の上にメムノン像がたっている。ペールが歩いて登場。しばしあたりを見まわす。

**ペール** ここからおれは工合よく旅を始めることが出来る、

今やおれはエジプト人、といっても、
ギュント的自己を土台にしている。
やがておれはアッシリアへと道をとる。
世界創造の最初から始めようとすれば
せいぜい道に迷うのがおちだろう――
むしろ聖書物語は避けて通ろう。
それが残した俗的な跡は、いつだってまた見い
　だせる。
そして、その成り立ちまで探るのは、
おれの計画にもはずれるし、力にも余ることだ。
(石に座る)さてと、しばらく休むか。
ここで、像が朝の歌を歌うまでじっと待とう。
朝食のあと、ピラミッドの上に。
時間があれば中も見学してみたい。
これから紅海にむかって出発すれば、
ポティファール王の墓に到着するはず。
そしておれはアジア人となる。バビロンでは
名高いつり庭と遊女たち――
つまり世界の文化遺産を訪ね歩く。
それからトロイの城壁までとび、そのあと
海路、古代アテネへとまっしぐら――。
アテネでは、ソクラテスが犠牲になった牢獄《ろうごく》を
　見つける――
ああ、そうだ――あそこは今、戦争中だ。
仕方がない、ギリシアの日程はキャンセルだ!
(時計を見る)
おかしいな、日の出までこんなに時間がかかる。
暇がないんだが――あれ、あのスースーいう、
不思議な音は、なんだろう!
(日の出)

**メムノン像** (歌う)
半神の灰から鳥が立つ。
若返りつつ、歌いつつ。
全能の神ゼウスが
それらを産み出し、戦わせた。
智慧《ちえ》の鳥フクロウ、
私の鳥たちが眠るのはどこ?
歌の謎を解け、さもなくば
おまえは死ぬ!

**ペール** 本当に石の像が歌うなんて

考えられるか！　これは過去の音楽——
研究ノートに書きとめておかなきゃ。
（手帳につける）
「像が歌った。明確なる響き、
ただし歌詞の意味は不明確。
すべては、もちろん、幻聴なり——
今日は他に異状を認めず」

## 第十二場

ギゼーの町のスフィンクス像。遠くにカイロの塔や尖柱《せんちゅう》が見える。
ペールは、柄つき眼鏡で見たり、手をかざしたりして注意深くスフィンクスを観察する。

**ペール**　はっきりとは思い出せないが
どこかでこのカカシ野郎をみた覚えがある。
どこだったか？　北の方、それとも南の方か？
さっきのメムノン像は後で気づいたが、
ドヴレ国王そっくりだった。
しかしこの半獣半人、
獅子と女体がくっついた像——
これは昔話に出てきたものか、
それとも現実にあったなにかだったか？
昔話？　そうだ、思い出した、
この爺さん、くねくね入道だ、
おれが頭蓋骨《ずがいこつ》をつき刺してやったやつ、
熱にうかされて夢みていたときに。
（近寄る）
眼も唇もそっくり！　まあ、もう少し、
しまっていて、狡《ずる》い顔つきだったが——
そうかい、くねくね君、おまえは日中
後ろから眺めるとライオンに似ているのか！
まだ謎々ができるか？　試してみよう。
前と同じように答えられるか——
おおい、くねくね、おまえは誰だ？

**声**　（スフィンクスの後から）

アッハ・スフィンクス・ヴェア・ビスト・ドュ？

**ペール** なんだ！ ドイツ語のこだま？ 変な話だ。

**声** ヴェア・ビスト・ドュ（おまえは誰だ）？

**ペール** ちゃんとした言葉をしゃべる。
これは新発見、しかもおれの功績だ。
（手帳につける）
「ドイツ語のこだま。ベルリン訛《なま》り」

**ベグリッフェンフェルト** （スフィンクスの背後から現われ）
人間が一人！

**ペール** なんだ、こいつか、しゃべってたのは。
（再びつける）
「その後、別の結果に至れり」

**ベグリッフェンフェルト** 済みませんが、あなた――アイネ・レーベンス
フラーゲ（一つ大切な質問を）！
今日ここにいらしたのはどうしてです？

**ペール** 幼馴染《おさななじみ》に再会するためです。

**ベグリッフェンフェルト** ええ？ スフィンクス――？

**ペール** （うなずく） 昔、よく知っていました。

**ベグリッフェンフェルト** ばんざあい！――なんということ！
頭がガンガンする――
彼を知ってるって？ 教えて下さい！
彼はなにものですか？

**ペール** それは簡単、彼はおのれ自ら――？

**ベグリッフェンフェルト** （とびあがる） はっ、人生の謎が光った！
本当に、彼はおのれ自ら――？

**ペール** 少なくとも自分でそう言ってました。

**ベグリッフェンフェルト** おのれ自ら！ 革命の時は近い！
（帽子を脱ぐ）
お名前をお聞かせ下さい！

**ペール** 洗礼名はペール・ギュント。

**ベグリッフェンフェルト** ペールギュント！ アレゴリカル！
知られざるもの――到来が予言されていたお方
――

**ペール** なんですって？ 私を待ってらした？

**ベグリッフェンフェルト** カイロへ！ 謎ときの皇帝がみつかった！

**ペール** 皇帝？

**ベグリッフェンフェルト** おいで下さい！

**ペール** おれはそんなに有名なのか――？

**ベグリッフェンフェルト** （彼をひっぱって）
謎ときの皇帝――おのれ自らの土台の上に！

## 第十三場

カイロ。高い壁に囲まれた中庭。格子窓。ベグリッフェンフェルトがペールをつれて入ってくる。

ペール　（独り言）これは極めて才能豊かな男だ。いうことの半分もおれにはわからない。

ベグリッフェンフェルト　ここが学士院です。学者はみんなピンからキリまでそろっています——世界が逆まわりするときは我々も逆になる。さあ入りましょう。

ペール　（彼に）院長先生——

ベグリッフェンフェルト　そんな仰々しい名前はやめて！昔は、院長というのもいたんですがね——あなた、実は——秘密が守れますか？

ペール　なんですか？

ベグリッフェンフェルト　約束して下さい。震え出さないと。

ペール　つとめてはみますが。いったい——？

ベグリッフェンフェルト　（彼を隅につれていき囁く）絶対精神が昨夜十一時に御臨終なさいました！

ペール　ええ！

ベグリッフェンフェルト　ええ、大変悲しいことです。それに私の立場としては二重に都合が悪い。なぜって、そのときまでこの建物は精神病院と呼ばれていたんです。

ペール　精神病院！

ベグリッフェンフェルト　今は違いますよ。

ペール　（青くなり、低く）やっとわかった！こいつは気が狂っている。それを誰も知らない——（離れる）

ベグリッフェンフェルト　（ついてきて）いや、いや、御臨終というのは言葉のあやで、おのれ自らから、脱皮したのです——それともうなぎのように、目に針をつきさされ、咽喉《いんこう》に刻みを入れて、ジイップ、皮をはいだ！

ペール　気違いだ！　完全に狂っている！

ベグリッフェンフェルト　事は明々白々、この〝おのれ自らを去ること〟は
世界中に革命をもたらすのです。
今まで気違いと呼ばれていたものが
昨夜十一時を期して正常となり
いわゆる賢者連中の
気が狂いはじめました。

ペール　失礼ですが、――私には暇がないので――

ベグリッフェンフェルト　お暇？　ああ、思い出した！
（扉をあけて叫ぶ）
全員集合！　未来の時が宣言された！
理性は死んだ！　ペール・ギュント万歳！

ペール　いや、あなた、どうか――！
（患者たちがゾロゾロあらわれる）

ベグリッフェンフェルト　さあ！
自由到来の朝焼けに挨拶しろ！
われらの皇帝ペール陛下だ――！

ペール　皇帝？

ベグリッフェンフェルト　そのとおり！

ペール　それは嬉しいが
名誉にあまる、身にあまる――

ベグリッフェンフェルト　こういうときに嘘の謙遜はやめて。

ペール　でも、しばらく余裕を――！　とても駄目だ、
どうしたらいいかわからない――

ベグリッフェンフェルト　わからない？
スフィンクスの謎を解いた方が？
おのれ自らである方が？

ペール　それなんです、問題は。
わたしは頭から爪の先までおのれ自ら。
だがここでは、わたしの見るところ、
おのれ自らであることを、つまり、放棄してい
る！

ベグリッフェンフェルト　放棄している？　いや、それは大変な誤解。
ここでは、みな、おのれ自らに徹しています。
おのれの樽の中に閉じこもり
底までもぐっておのれを発酵させ
おのれのコルク栓でしっかり口をしめる。
他人の悲しみに涙を流したりしない。
他人のことを理解しようともしない。
おのれ自ら、考えることも言うことも。

おのれ自ら、ピンからキリまで――
ですからわれらの皇帝陛下として
あなたがもっともふさしいことは、明らかです。

ペール　とんでもない――

〈グリッフェンフェルト〉　さあさあ、弱気にならないで。
なにごとも、初めは新奇なもの。
おいで下さい。見本をみせましょう。
(沈んだ様子の男に)
どうだね、フウフウ、相変わらず悲しそうだな。

フウフウ　あたりまえだろう、誰一人として
わしの言うことに耳をかそうとせん！

(ペールに)
君は新参者、聞いてくれるか？

ペール　(頭を下げ)　もちろん――！

フウフウ　じゃ、話してやろう――
遥《はる》か東のまた東の方に
額を引きのばしたようなマレバの国がある。
ポルトガル人とオランダ人が文化を伝えたが
もともとマレバ人が独自の言葉をもっていた。
だが外来の文化は言葉を目茶苦茶にし、
話しかたは乱れ、字はくずれた。
わしはことあるごとに発言し、
これではマレバ文化は滅びると警告しつづけた
が、
誰も知らん顔、乱れは深まる一方。
これでわしの悲しみがわかっただろう、
助言があるなら聞かせてもらいたい！

ペール　(低く)　狼《おおかみ》が吠《ほ》えるときは一緒に吠えるべし、
聖書に書いてあった。
(高く)　わたしの記憶では、
モロッコにある藪《やぶ》の中に
一群のオランウータンが住んでいる。
その言葉は、マレバ語そっくりに聞こえた。
あなたがそこに移られて文化育成に力を貸すな
ら、
後世の模範となるでしょう――

フウフウ　耳を貸してくれて感謝する――
助言どおり、今すぐそこへ移ろう。
東の国は詩人を棄《す》てた、
西の国にはオランウータンがいる！

ベグリッフェンフェルト　どうです、彼は立派なおのれ自らでしょう？
もう一人お見せしましょう。これも昨晩から
あれに劣らず理性を身につけた。
（背中にミイラを背負っているエジプト百姓に）
アーピス王、ご機嫌はいかがですか？

フェラー　（ペールに対し、荒々しく）
わしは、アーピス王けえ？

ペール　（退いて）　なんとも申し訳ありませんが、
わたしには、あの、様子がよくわかりませんの
で――
でも声の調子から判断しまして、多分――

フェラー　ほら、ほら、おめえも嘘をつく。

ベグリッフェンフェルト　でも陛下、
事の次第をお話しにならなきゃ。

フェラー　よっしゃ。
（ペールのほうをむき）
わしの背中にしょってるものが見えるか？
こいつは、名をアーピス王と言うた。
今はミイラになって、死んどるがな、
ピラミッドもスフィンクスも、この方が作った。
トルコ軍とも戦った。
エジプト中の民衆が、神としてあがめた。
だが、実は、わしこそが
アーピス王なんだ、わかるか？
あるとき、このアーピス王が狩りに出て
馬から落ちて落馬した、
そこはわしの祖先の地所でな、
王自らが体を埋めた。
アーピス王が肥《こや》しとなって
できた畑の穀物がわしを育てた。
だのに、誰も認めようとせん。
わしらはドン百姓だと、相手にせん。
いったい、どうすればいい？　教えてくれ！
どうやって、このミイラと同じ、
アーピス王になれるかだ？

ペール　陛下もピラミットとスフィンクスを作り、
トルコを縦横にやっつけることです。

フェラー　わしらみてえなドン百姓！
腹をすかした老いぼれ狸《たぬき》！
自分の小屋を鼠《ねずみ》がかじらんように

追いまわすのがせいいっぱい！
もっといいやり方を言ってくれ！

ペール　このアーピス王とそっくりに、
間違いなく神さまになるやり方！
じゃ、これはどうです、ご自分の首をつって、
大地のふところ深くに横たわり、
自然の囲いの中で死の状態を保つというのは？

フェラー　それがいい！　縄をくれ！　首つり台を――
はじめは違うても、そのうちそっくりになる。

（首をつる）

ベグリッフェンフェルト　偉大な人格でしょう、方法論をもった男です。

ペール　ええ、ええ、わかり――ああ、
本当に首をつる！　神さま！
おれは気分が悪い――頭がふらふらする！

ベグリッフェンフェルト　それは、過渡期の症状ですよ、長くはかかりません。

ペール　過渡期？　どうなる過渡期だ？
失礼、お暇《いとま》しなきゃ――

ベグリッフェンフェルト　（ペールをつかまえ）気でも狂ったんですか！

ペール　いや、まだ――
狂う！　とんでもない！

（騒ぎ。大臣フッセインが押し分けて入ってくる）

フッセイン　今日ここに
われらの皇帝がこられたと聞きましたが――
あなたですか？

ペール　（絶望して）ええ、そういうことです！

フッセイン　よかった――なにか通告すべき布状をおもちですか？

ペール　くそ！　こうなったら悪けりゃ悪いほどいい。
ああ、もちろん、もってますとも。

フッセイン　それでは私に
インクをつけていただけますね？
（深く頭を下げる）
私はペンです。

ペール　（より深く頭をさげ）わたしはいうまでもなく、
なぐり書きされた皇帝の羊皮紙です。

フッセイン　私の話は、殿下、簡単に申してこうなのです。
わたしはペンなのに、砂袋と思われているのです。

ペール　わたしの話は、ペン殿、かいつまめばこうです。

わたしは紙なのに、一度も字を書かれたことが
ない。

**フッセイン** 誰もわかってくれません。私を吸取り砂に使おうという！

**ペール** わたしはある女の銀のとめ金つきの本でした。
正常も異常も同じ印刷ミスです！

**フッセイン** なんという無駄な人生でしょう、ペンでありながら
一度もナイフの味をあじわったことがない！

**ペール** （とびあがり）考えてもみて下さい。牡鹿でありながら
絶えず墜落している！

**フッセイン** ナイフを！　わたしを削って下さい。
ペン先を鋭くしないと世界は終りです！

**〈グリッフェンフェルト〉** そうら、ナイフだ！

**フッセイン** （つかむ）　ありがたい！
なんたる悦楽！　（喉《のど》を切る）

**〈グリッフェンフェルト〉** （とびのいて）とばすな！

**ペール** （つのる恐怖）　つかまえろ！

**フッセイン** そう、つかんで下さい！
しっかり握って！　紙の上に――
墓碑銘を忘れないで――
「彼の人は他人に握られし
ペンとして生き、そして死せり！」

**ペール** （ふらつく）どうすればいい！　どうなるんだ！
天にまします――お願いです！
なんでもします、なんにでもなります――
トルコ人でも、トロルでも――でも助けて！
だめだ！　あわてると名前が出ない――
お助け下さい、天にまします――気違いの守り神！
（気を失い倒れる）

**〈グリッフェンフェルト〉** （藁《わら》の冠を持ち、彼にまたがって）
見よ！　彼は泥の中で気位高く
いかにしておのれ自らを去ったか！
戴冠式《たいかんしき》！　（冠をかぶせ）万歳！
おのれ自らの皇帝！　万歳！

# 第五幕

## 第一場

ノルウェーの外海を航海中の船上。日没時。嵐めいた天気。
ペールは白髪まじりの老人だが頑丈な体つき、以前より厳しい表情、日焼けした顔で船室の下舷に立っている。上衣を着、長靴をはいて、半ば水夫の身なり。着ているものは、いささか古く、すり切れている。船長が舵手と共に舵を握っている。前方に水夫達。

船　長　（前方に叫ぶ）面舵《おもかじ》三点！　――ランタン点火！
ペール　夜明け前に着くかね？
船　長　　　　　　　　　　そうですね、夜中にあまり強く吹きさえしなきゃ。
ペール　西の雲が濃くなってきた。
船　長　　　　　　　　　　ええ。
ペール　そうだ、上陸するとき思い出させてくれ、――水夫たちに、心づけを――
船　長　　　　　　　　　　それはどうも――
ペール　　　　　　　　　　　　　ほんのわずかだが。金は掘りあてたが、みんな失くしてしまった、運命とはとんと折合いが悪くてね――
船　長　まあ、どれだけ残っているか、ご存知の通りだ。十分すぎるくらいお持ちですよ、お国に戻られて
大歓迎されるには――
ペール　おれには家族なんかいない、待ってるものもいやしない。だから桟橋で大騒ぎってこともない！
船　長　嵐です！
　　　　　　　　憶えておいてくれ
ペール　ほんとに困っているものがいたら、けちけちはしないつもりだ。

船　長　ご親切に。みんな稼ぎは少ないもんです。
うちには、かみさんやら小さいのが待ってます
から
お手当てだけじゃ、本当に苦しんですよ——
ペール　なんだって？　かみさんやら小さいのやら？
世帯もちなのか？
船　長　ええ、一人残らず。
ペール　じゃあ、うちに戻ると、みんなが出迎えて
帰りを喜ぶってわけか？
船　長　そうでしょうね、
貧しいものなりにね。ですから
本当にご親切です。いくらかでも
心づけを下さるというのは——
ペール　(手すりを叩き)　とんでもない！
おれを気違いとでも思うのか！
他人の餓鬼に金をばらまく？
この老ぼれペールを待ってるものは
誰もいやしない！
船　長　お好きなように。
あなたのお金はあなたのものですから。

ペール　あたりまえだ！　おれのものはおれのもの、
錨を下したら精算してくれ——
キャビン船客としてパナマからの運賃。
まあ、水夫たちには、酒代くらいは振舞うが、
それ以上は、船長、びた一文出しはしない！
船　長　失礼、嵐がつのってきましたから——
(船長は甲板のむこうに去る。キャビンに明りがつ
き、海が荒れてくる)
ペール　いたずら盛りの餓鬼がいる——
大喜びで迎えに出る——。おれには
誰もいない。くそ！　どうすればいい。
やつらにしこたま飲ませるんだ。
どいつも素面《しらふ》じゃ陸に上らせない。
やつら、わめきたて、テーブルを叩き、
嬶《かかあ》や餓鬼をちぢみ上らせるだろう！
やつらの楽しみを台無しにしてやる！
(船がひどくゆれる。立っているのが難しい)
いや、こりゃどうも、ひどい揺れだ。
海も一働きして手当てをもらおうって寸法か。
何だ、あの叫び声は！

見張り　（前方で）風下に難破船！
船　長　（船の真中で命令している）
面舵半分、風に向けるんだ。
航海士　難破船に人はいるか！
見張り　三人見える。
ペール　救命ボートを下ろせ！
船　長　ボートが先に沈んじまいます。
（向うへ去る）
ペール　なんてことだ！
（水夫の何人かに）お前たちも水夫なら助けに行け。
少しぐらい体が濡《ぬ》れたってなんてことはないだろ。
航海士　この海じゃとても無理です。
ペール　おい！　まだ叫んでる。
コックやって見ろ、さあ早く、金をやる！
コック　とんでもねえ、二十ポンドやると言ったってご免です。
ペール　犬！　臆病者！　忘れたのか、あの水夫たちにも
女房、子供が家で待ってることを。
船　長　岩礁に気をつけろ！
航海士　難破船は沈んだ。
ペール　もう何も聞えない。
コック　これでホヤホヤのやもめが三人できた。
連中がみんな女房もちなら。（去る）
ペール　人間のあいだにはもう信仰はない、
本に書かれたようなキリスト教はないのだ。
ペール、おまえはおとなしすぎた。それが間違い。
いや、今からでも遅くはない！　村へ戻ったら
手段を選ばず土地を手に入れる！
そこに城のように輝く家を建てる。
誰も中へは入れない。びた一文やらない。
おれは運命の鞭にたたかれ、うめいてきたから
やつらに思い知らせてやる——
今度鞭をふるうのはおれの番だってことを——
（ペールのそばの暗がりに現われて、なれなれしく挨拶《あいさつ》する）
見知らぬ船客

ペール　今晩は！
船客　今晩は。ええ、どなた？
ペール　同じ船客です、よろしく。
船客　そうですか？　船客はおれ一人だと――
ペール　そのご推測は誤りです。
船客　しかし不思議ですね。今晩初めてお目にかかった――
ペール　日中は外に出ないんです――
船客　お体でも悪いんですか？　お顔が真っ青だが。
ペール　いいえ、ありがとうございます、元気ですよ。
船客　風がひどいですね。
ペール　ありがたいことに！
船客　ありがたい？
ペール　大波が立つと、涎《よだれ》が出てきますよ！　ねえ、考えてもみて下さい、今夜、どんな船が沈むか――どんな死体が岸に打ち上げられるか――？
船客　なんのことだ！
ペール　ごらんになったことがありますか？　溺死体《できしたい》、それとも首つり死体――
船客　馬鹿な！
ペール　死体は笑うんです、でも無理矢理に。むしろ、ほとんどが舌を噛んでいます。
船客　ほっといてくれ！
ペール　一つお願いなんですが、もし、われわれが、たとえばの話ですがね、岩にぶつかって沈んだら――
船客　その危険があるとでも――？
ペール　まあ、実のところなんとお答えしてよいか――ただ、もし、わたくしは浮いて、あなたは底に沈んだら――
船客　とんでもない！
ペール　可能性を申し上げてるだけですよ。でも、人は墓穴に片足つっこむと、気はやさしくなって、なんでも与えるものですから――
船客　（ポケットに手を入れ）ほう、金か！
ペール　いいえ、でもお願いですが、

ペール　あなたのご立派な死体をいただけませんか？
　これはひどすぎる！
船客　学問的研究のためなんです――　ただの死体だけですよ。
ペール　行ってくれ！
船客　でもねえ、これはあなたの利益にもなります。わたしはあなたの体を切開して日にさらします――　知りたいのは、つまり夢のありかでね――　隅々まで吟味して調べますよ。
ペール　消えちまえ！
船客　どうも、これ以上話を進めるご気分じゃないようですね。しかし、時間がたてば、気も変わるものです。――　あなたが沈むときにでも、またお会いしましょう――
（なれなれしく挨拶して去る）
ペール　不愉快な輩だ、学者ってやつは！
（そばを通った航海士に）
ちょっと、あの船客、あれはいったい何者かね？
航海士　船客はあなた以外にいないはずですよ。
ペール　ほかにいない？　いや、ますますおかしくなる。
（キャビンから出てきたコックに）
今、キャビンに入ったのは誰だね？
コック　船で飼ってる犬ですよ、お客さん。
見張り　（叫ぶ）陸だ、ぶつかる！
ペール　わしの荷物、金庫！
甲板までもってきてくれ！
航海士　他にもっとすることがあります！
ペール　あれは冗談、船長、嘘なんだ――　金はやる、いくらでもやる――
船長　三角帆がとんだ！
航海士　マストが折れる！
ボースン　岩だ！
船長　船がつぶれる！
（衝突、騒音と混乱）

第二場

岩礁の間、船が沈む、二人をのせたボートが
波にひっくり返る。
ペールとコックがボートの近くに浮び上り、
互いにボートをとろうとする。

ペール　離せ、二人では重すぎる！
コック　わかってる、どけ！
ペール　おまえがどけ、なぐるぞ！
コック　　　　　　　　なぐるぞ！
（二人はなぐり合い、コックは片手をいためて、他の手でしがみつく）
ペール　その手を離せ！
コック　　　　　お情けだ！　助けてくれ！
うちには小さい子供がいるんだ！
ペール　おれはまだ子なしなんだから
もっと生きてなくちゃならないんだ。
コック　頼む、あんたはもう十分生きてきた。
おれは若い――
ペール　　　　おまえは重いよ、さっさと沈んじまえ！
コック　お慈悲だ、お願いだ！　あんたのことは
悲しむものはいない――！（沈む）
ペール　　　　　　アーメン！
（ボートによじ登り）
命あるところ、希望あり、だ――
船　客（ボートにつかまる）
おはよう！
ペール　　　　ふい！
船　客　　　　　叫び声を聞いたものでね――
あなただったとは面白いですね、
どうです、わたしの言った通りだったでしょう？
ペール　離せ！　ここは一人分の場所しかないんだ！
船　客　わたしは左足で泳いで、指先をちょっと
縁にかけているだけでいいんです。
ところで、死体のことなんですが――

ペール　やめてくれ！
船客　他の人はみな済みました。
ペール　黙れ！
船客　そうですか、お好きなように！
（沈黙）
ペール　どうしたんだ！
船客　黙って待ってるんです。
ペール　気が狂う！　あんたは一体なんだ！
船客　なんだと思いますか？　わたしに似たものをご存知ありませんか？
ペール　悪魔か――！
船客　恐れを通して人生の夜道に明かりをともすのが悪魔のすることですか？
ペール　なるほどなるほど、一皮むけば光の天使――？
船客　あなたは――半年に一度でも真の恐れを感じたことがありますか？
ペール　どういう意味だ、よくわからんが――危険が迫れば誰だって恐くなる。
船客　あなたは生涯にたった一度でも恐れをのり超えて勝利をつかんだことがありますか？
ペール　おれのために扉をあけにきたと言うなら、なんでもっと早くにこなかったんだ！海に呑みこまれそうなときを選ぶなんて馬鹿げている――
船客　暖炉のそばでいい気持ちにぬくまっているときのほうが勝利を得やすいとでも言うんですか？
ペール　まあ、どっちだっていいが――でもあんた、本気じゃないんだろ？　そんな言葉で人の目が覚めると思ってるのか？　失せろ！　カカシ野郎！　おれは、死んだりしないぞ！
船客　そのことなら心配ご無用。五幕半ばで、主役が死んだりはしません。
（去る）
ペール　やっと行っちまった。ほんとに退屈極まりないモラリストだ。

## 第三場

高原の山村の教会墓地。葬式。牧師と村人たち。讃美歌の最後の節が歌われる。ペールが外の道を歩いてくる。

**ペール**　(通りかかり)
ここに人生の旅路を終えたものがいる、
ありがたいことに、おれじゃない。(内に入る)

**牧師**　(墓のそばで語る)
　さて、今、魂が審判の場に呼び出され、
肉体が豆のサヤのように空になるとき、
われわれは故人のこの世における
行状について一言話しましょう。
　この男は裕福でもなければ賢くもなかった。
声は弱々しく男らしさにも欠けた。
教会にきても、他のものと一緒に座る
許しがもらえるかどうか不安顔だった。
　生まれはギュブランスダール、ここに移ったのは、
一人前の若ものになってからのこと、
そして皆さんもおぼえているように、
彼の右手はいつも懐に入れられていた。
しかしわれわれは知っていた。いくら隠しても
懐に入れた手には指が四本しかなかったことを。
　わたしはずっと昔のある朝のことをおぼえている。
役場で徴兵検査が行なわれ、わたしもその場にいた。
村長と伍長《ごちょう》にはさまれて大尉さんが座り、
若ものは一人一人検査を受けて兵隊にとられた。
部屋の中は人であふれ、外の庭でも
声高な笑い声が絶えなかった。
　そして一つの名前が呼ばれ、また一人入ってきた。
顔は真っ青、右手はボロ布でくるんであった。
彼は大尉さんの問いに答えようとしたが

声はどもり、出るのは唾《つば》ばかり、
それでもしまいに、舌をもつれさせながら、
ぼそぼそと早口に、なんでも山で
鎌《かま》がすべり落ち、指をつけ根から
切ったとか口ばしった。
　途端に部屋中がしんとなった。
人々は目くばせをし、口をゆがめた。
男は沈黙の中で石のように硬くなり、
眼差しの霰《あられ》にうたれて目もあげられなかった。
そして大尉さんが立ち上がった、あの白髪の。
唾を吐き、出口を指さしてどなった、出て行け！
　部屋の中のものは脇にのいた。
真ん中に針のやまのような道ができ、
男は出口までようやくたどりつくや
山にむかって一目散に駈け出した――森を越え、
　　丘を越え、
走りに走った――
　半年たって彼は戻ってきた。一緒に
母親と新妻と幼子をつれて。
村境の山の荒地に家を建て、
堅い土を掘りおこした。
小さな畑は努力の証《あか》しとして
豊かな穀物を実らせた。だが、
ある年の春、すべてが洪水に押し流された。
　助かったのは命だけ、まったくの一文なしで、
彼はもう一度新規に土地を開墾した。
秋がきたとき山の家からは
再び煙が立ちのぼった、前よりずっと安全に
――。
安全？　なるほど洪水には。しかし雪崩には駄
　目だった。
二年目にその家は雪の下に埋まった。
それでも彼の勇気はくじけることなく、次の
　冬がくる前に、
ささやかな家が三たびうち建てられた。
　子供は三人いた。元気な男の子ばかり。
学校にあがる年頃になったが道は遠かった――
途中は切り立つ狭い崖の小路、
彼はどうした？　長男はなんとか歩けたが、
急な道ではその子に綱を投げ与え、

他の一人は背中に、もう一人は腕にかかえた。
——
　このようにして子供たちは成人した。
彼等は父親の恩に報いるはずだった。
だが新大陸へ渡って立派になると
故郷の父親も、学校通いのことも忘れてしまった。
　彼は目先のきかぬ男だった。自分自身の
まわり以外なにも目に入らぬ男だった。
民衆とか、祖国とかいう高尚なことは
彼の目には霧がかかってしか見えなかった。
　しかし彼は徴兵検査以来、わが身を
低くしていた、身を低く、
頬に恥らいの色を燃やし、四本指の手を隠して。
法律を破った？　そうかもしれない。
だが法律の上に輝くものがある。
立派な市民ではなかった。教会にとっても同じ。
だが、あの荒れた山奥の狭い身内だけのところ、
彼がおのれの持ち分を見つけたところ、
そこでは、彼は偉大だった。なぜなら
おのれ自らだったから。——

彼の人生は沈黙の楽器が奏でる音楽だった。
故に安らかなれ、静かなる戦士よ、
百姓のささやかなる戦いを戦い、そして命つき
　たものよ！
アーメン！
　（人々は去り、ペール一人残る）

ペール
なるほど、これがキリスト教ってものだ——
人の心を気まずくさせることはなにもない。
ありがたいお説教だった——　（墓をのぞき）
　　もしかしたら
これは森で指を切ったあの男かもしれん、
おれが木を切り倒していたときの？
いや、おれがこうして、ここに立っているので
　なけりゃ、
そこに眠ってるのは実はおれ自身で、
夢が真になっておれの誉《ほ》め言葉を聞いていると
　思うだろ。
だが、墓掘りがやってきてわしを招待するには
まだまだ間がある。そして聖書にあるように、
最上は最上。——どっかに書いてあった、

来年のことをいうと、鬼が笑う。
それに葬式を掛けでは買うなともいう。
ああ、確かに教会は真の慰め手だ。
おれは今までそれを特別に評価しなかった。
だが今はよくわかった、含蓄のある言葉が、
権威をもって述べられるのを聞くことがどんな
　によいか。
種をまいた通りにいつか取り入れがある。
おのれ自らに人はなるべきだ。大小を問わず、
おのれとおのれのものを大切にすべきだ。
たとえ幸福に逆らわれたときでも、人は人生を
教えに従って送ったという名誉を手に入れる。
——
さあ、故郷だ！　道は狭く険しくとも
運命はいつまでも意地悪だとて、
老いたペール・ギュントは自らの道を歩み
おのれ自らとなる、貧しいが徳のある人間。
（去る）

第四場

干上がった川のある丘。川のそばの荒れた水車小屋、一面が荒廃の有様。上の家では競売が行なわれて、たくさんの人が集っている。飲んだり、騒いだり。ペールは、水車小屋の庭に積まれたがらくたに座っている。

**ペール**　行くも戻るも同じく遠い、
出るも入るも同じく狭い。
時は去り、川は流れる、
回り道だと、くねくね入道は言った。
そうしなきゃならない——

**喪服の男**　（死者の家の競売から戻ってきて）
あそこは、もうガラクタしか残っちゃいない。
（ペールを見て）
おや、よそものか？　今日は！

**ペール**

喪服の男　大層にぎやかだが、なんのお祝いかね、名づけ日？　婚礼の祝い？　それとも――むしろ、お里帰りの祝いと言いたいな。ヘッグスタ女郎は穴ん中、土に戻って、みみずの餌《えさ》。

男１　（ひしゃくをもって）ほら、みてみな、おらの買ったもの。この中でペール・ギュントが銀ボタンを作ったとよ。

男２　おらのはどうだ、ペールのおやじの金袋がたった一シリング！

男３　なんだ、おらのは、鞄《かばん》が二シリング五十だ！

ペール　ペール・ギュントというのは、一体、何者だね？

喪服の男　死神とアスラク鍛冶屋《かじや》の義兄弟、

灰色の男　おれを忘れるな！

喪服の男　おめえなんか悪魔に食われろ！

灰色の男　おれたちみんな、ペール・ギュントとつながってる。

ペール　昔馴染みだ。

男の子１　（熊の皮をもって）ドヴレの猫だ、毛皮だい。クリスマスイヴにトロルを狩り立てたやつだ！

男の子２　（トナカイの頭をもって）これは、西山の崖っぷちをペールのっけてつっ走った牡鹿だ！

男の子３　（金てこをもって、アラスクに）おーい、アラスク、これをおぼえてるか？　おめえが使ったやつ、悪魔を逃がしたとき！

男の子４　（素手で）マッツ・モーエン、そら、隠れ蓑《みの》だ！　これ着て、ペールとイングリが空を駈けた！

ペール　酒だ、酒だ！　若いの！　おれもここで一つ、ガラクタ市を開くぞ！

男の子１　なにを売るんだ？

ペール　まずはお城――山の中の、ぴかぴか光ってるやつ！

男の子１　値をつけるぞ。ボタン一つ！

ペール　酒一杯まで上げんかい――それより安くちゃ、恥っさらしよ！

男の子2　面白い爺いだ！
(人々がまわりに集まる)
ペール　馬だ、わしの馬！
さあ、値をつけた――！
群衆の一人　どこにある？
ペール　ずっと西の方、お日さんが沈むところ――
すばやいぞ。ペール・ギュントの作り話みたい
に。
人々　(口々に)他になにがある？
ペール　値打ちものも、がらくたも！
難破船で買った。みんな只《ただ》で売る！
男の子　出してみな！
ペール　とめ金付きの本の夢！
ホック一つでおまえのもの。
男の子　夢なんぞ悪魔にやっちめえ！
ペール　わしの王国――
さあ投げ出すから、ひっつかめ！
男の子　王冠もあるのか？
ペール　藁《わら》で作った、
初めにかぶったものにぴったりする！

ほうら、まだある！　腐った卵、
気違いの白髪に予言者の髭《ひげ》！
みんな只《ただ》でやる、おれに荒野の中の
「ここに道あり」の立札みせてくれれば！
村長　おまえさん、そんな調子でつづけたら、
行く道は多分牢屋《ろうや》のほうじゃよ。
ペール　(帽子をとって)　なるほど。
ところで、ペール・ギュントとは、どんな野郎
です？
村長　馬鹿な――
ペール　いいえ、どうかお願いですから――
村長　なんでもみんなが言うには、ろくでもない詩人
とか――
ペール　詩人？
村長　そう、世の中のことはなにもかも
自分がやったことみたいに歌に書いたとか――
だが、ごめん、わしは仕事があるもんで――
(去る)
ペール　それで、やっこさんは今どこに？
年配の男　あいつは、

ペール　海を渡って外国に行ったがな、
身上つぶして、だいぶ前に縛り首んなったとよ。
縛り首？　なるほど――
尊いペールも、最後には、おのれ自ら。
さようなら――今日のことは、どうもありがとう！

第五場

ペンテコステ（聖霊降臨祭）の前夜。大きな森の中。はるか向こうにトナカイの角を扉にかけた小屋。
ペールは森の中をさまよい、野生のタマネギを集めている。

ペール　ここに道が一つある、次はどこだ？
全部を試して、いちばんいいのを選ぶ。
おれはそうしてきた、はるかシーザーから
ネブカドネザールに至るまで。
だから聖書にある通り進んできた。
倅《せがれ》は年取っておっ母のところに戻る。
「汝、土よりいでしもの」――
人生の一大事は腹をこやすこと、
タマネギでは腹はふくれない。
おれは頭を使う、罠《わな》を仕かける。
小川があるから水は大丈夫。
森の動物の支配者になる。
そしていつか死んだら――いつかは死ぬ――
風に倒された木の下にもぐり込んで
熊みたいに木の葉で身を覆《おお》う。
そうやって木の皮に大きな字を刻む、
「ここに眠るはペール・ギュント
すべての動物の上に位する皇帝」
皇帝？（心で笑う）年取ったインチキ野郎！
おまえは皇帝じゃない、タマネギだ。
おまえの皮をむいてやろう、
泣いて頼んでも、無駄というもの。

（タマネギの皮を一枚ずつむく）
いちばん外側のむけかけた皮は、
ボートの上の溺《おぼ》れかけた男、
この皮は見知らぬ船客、薄くて青白い、
それでも、少しは、ペールの味がするだろ、
その内側は冠の形——戴冠式か、結構、結構、
それ以上言わずに棄てちまおう！
次は古代史研究家、短いが強いやつ。
そしてこれがアラブの予言者、
すっかり若返って汁気たっぷり、
この皮、一緒にむけた柔らかいのが、
人生を楽しむダンディ紳士、
次は病気か、黒い筋がある——
黒は黒人、それとも牧師か。
どこまでいっても皮ばかり、芯はまだまだ——
あれあれ、なんだ、中の中まで
全部が皮だ——なにもない。（残りを投げ捨てる）
（小屋の近くまできている）
こんなところに小屋が——ほう！
前に見たことがある——
敷居の上のトナカイの頭、
腰から下は魚の人魚——
嘘だ！　人魚じゃない——釘《くぎ》と板だ——妖精の
思いをしめ出す錠前だ！

**ソールヴェイ**

（小屋の中で歌っている）
あたしの愛しい子はまだ遠くにいるの？
戻ってくる？　重いものを運んでるのなら、
ゆっくりでいいのよ——
あたしは待っている。
そう約束した。

**ペール**

（死んだように青ざめ）
一人はおぼえており——一人は忘れた、
一人は失い、——一人はもちつづけた。
ああ、人生——二度とやり直せない！
恐れ——ここにおれの王国があった！
（走り去る）

第六場

夜。焼けた木の幹が幾重にも続いている荒野、白い霧が森を覆っている。ペールが荒野を走ってくる。

**ペール** （耳を傾ける）なんだ、赤ん坊の泣き声か？
半分歌みたいだが——
足もとに糸玉が転がってる——！

**糸玉のコーラス** （土の中）
私たちは胸の思い、
なんでおまえは思わなかった——！
なんで一人歩きをさせてくれなかった！

**ペール** なにを言う！　おれの思いは一人歩きどころか
嘘つきの化けものになった。

**枯葉のコーラス** （風に舞う）
私たちは言葉、
なんで言葉を生きなかった——！
だからなに一つ実を結ばなかった——！

**ペール** 枯葉でも役には立つ、
黙って土の肥しになれ！

**露の雫《しずく》** （枝からたれ）
私たちは涙、
なんでおまえは流さなかった——！
硬い氷さえも、
溶かせたのに——！

**ペール** 結構なことだ。おれは西の山の中で
涙流したが、やっぱり尻ひっかかれた！

**藁くず** 私たちは日々の仕事、
なんでおまえは仕上げなかった——！
最後の日によってたかって
なにもかもぶちまけてやる——！

**ペール** なんだ、悪だくみか。
あることないこと書き込む気か！

**オーセ** （遠くの方から）
とんでもねえ御者だ！

ああ、腹が立つ、腹が立つ、
わしゃ、びしょぬれでこごえとるというのに、
お城はどこじゃ――！

**ペール** こりゃあ、さっさと逃げた方がいい。
自分の罪だけで十分なのに、
悪魔の分まで背負えというのか。
（走り去る）

## 第七場

荒野の別の場所

**ペール** （歌う）墓掘人、墓掘人！
どこだ、犬め！
メエメエ鳴く鐘の歌、
帽子のひさしに黒の縁どり――
死人が大勢、死体につきそう！

（ボタン作りが、道具箱と大きな鋳物ひしゃくを持って脇道から現われる）

**ボタン作り** 今晩は、じいさん！

**ペール** 今晩は、旅の人！

**ボタン作り** お急ぎのようだが、どこへ行きなさる？

**ペール** お弔いがあるんだよ。

**ボタン作り** おやおや、わたしゃ目が悪いんだが――ご無礼ながらおまえさん、ペールという名じゃありませんか？

**ペール** ペール・ギュントなら、おれだが――

**ボタン作り** そのペール・ギュントを、わたしゃ、つれにきたのさ。

**ペール** ほう！ なんのために？

**ボタン作り** わからないかね？ わたしゃボタン作りだ。おまえさんはこの中に入る

**ペール** その中で、どうなるんだ？

**ボタン作り** 溶かされる。

**ペール** 溶かされる？

ボタン作り　　そう。ほら、錆《さび》落しして用意してある。
墓も掘ってあるし、棺桶《かんおけ》も注文してある。
死体になると、すぐに虫がわくからね。
さっさとおまえさんの魂をとってくるよう
ご主人から命令を受けたのさ。

ペール　そんなことって！　前もって断わりもせず
――！

ボタン作り　それが古くからのしきたり。
誕生と葬いはその日に決める。
前もっては一言もお客に話さない――

ペール　その通りだ。心臓がドキドキしてきた――！
それで、あんたはなにもの？

ボタン作り　　ボタン作りだ！

ペール　ああ、なんとでも言え――
もってるのがひしゃくだろうが火の池だろうが、
焼酎《しょうちゅう》もドブロクも酒は酒だ。
失せろ、悪魔め！

ボタン作り　　まさかおまえさん、
わたしが悪魔だなんて、そんな不躾《ぶしつけ》なこと――

ペール　さっさと消えて、おまえのことだけ構ってろ！

ボタン作り　おれはこの世で、ちっとはいいこともしてきた。
最低にみつもっても、ぐうたらってとこで――
おまえさん、思い違いしてなさるようだ。
お互い急ぐ旅、時間節約のために
事の次第を説明しよう。
おまえさんは、自分でもわかってるように
いわゆる重大な罪人というわけじゃない――
せいぜいが中ぐらい――

ペール　　そうそう、
あんたもやっと、わかりがよくなってきた――

ボタン作り　しかし、おまえさんを徳のある人と呼んでは、
言いすぎだろう――

ペール　そんなことは、おれだって言いはる気はない。

ボタン作り　だから、中どこ平均チョボチョボってわけだ。
本当に大きい罪人は
きょうび、大通りを歩いても出くわさない。
そうなるには、泥の中をはい回るだけじゃ駄目、
罪を犯すにも、力と真剣さが要求される。
だのにおまえさんは、
罪をいい加減に扱いすぎた――

ペール　それもみかけだけ、ほんの泥がはねた程度――

ボタン作り　これでお互い、意見が一致した。
火の池はおまえさんの行くところじゃない。

ペール　だからおれはきた道を戻っていいんだね？

ボタン作り　いいや、だからおまえさんは溶かされるのさ。

ペール　ひどいインチキだ！

ボタン作り　いや、古くからの習慣だよ。
手作業なんだから、鋳造が失敗するときもある、
ときには、ボタンにポッチがついてなかったり
する。

ペール　そんなときは、どうすればいい？

ボタン作り　棄てちまうさ、そんなもん！
そりゃ、おまえさん、無駄使い屋の悪いくせだ、
うちのご主人は倹約第一、
でなきゃ、お金はもうからんよ――
それで出来損ないも棄てたりしない。
溶かし直せば、もう一度使えるからね、
おまえさんは、本当を言えば、立派な上衣の
金ボタンになるはずだった。
だのに模様がくずれてしまった。
出来損ないの箱に入れられて
その他大勢と一緒に作り直されるのさ――

ペール　まさか、あんた、わしを太郎べえや次郎べえと
一緒に溶かすと言うんじゃないだろうな！

ボタン作り　そうだよ、まったくその通り！
お国の銀行もやってるだろ。
すりへったお金は溶かし直して使う――

ペール　そんなけちくさいことを――。
ねえ、あんた、おれを見逃してくれよ――
ポッチのねえボタン一つ、すりへった一文銭く
らい――
あんたのご主人のようなご身分には
なんだっていうんだ――

ボタン作り　いやいや、魂がある限り、
人は金目になるもんだ。

ペール　いやだ！　どんなことがあってもいやだ！
噛みついてでも、引き裂いてでも、これには
逆らってやる！

ボタン作り　そう駄々をこねなさんな――
天国へ行こうというのは、おまえさんにはちと

無理だよ。
ペール　わしはほどほどを守る、高望みはしない――
だけど、おのれ自らだけは絶対にゆずらない！
くず鉄みたいに一しょくたに溶かされ、
鋳物ひしゃくの中でギュントたるおのれを放棄する――
ボタン作り　そんなことには、どこまでも歯向かってやる！
だがね、ペールさん、そんなことどうして気にする？
おまえさんはおのれ自らだったことなんて一度もない。
きれいさっぱり消えてしまって、なんだと言うんだね。
ペール　おれが一度も――？　こいつは、お笑いだ！
あんた、おれの体の中をのぞいてみるがいい！
見つかるのはただペール、ペール、そればかり。
それ以外、これぽっちもありはしない。
ボタン作り　そんなはずはないがね、ここに書きつけがある。
「ペール・ギュントをつれ来たるべし、
彼は人生の行為をないがしろにせり。
出来損ないとして溶かすべし」
ペール　馬鹿な！　それは別のやつに違いない！
明日になってまちがいだとわかったら、
責任問題だ――！
ボタン作り　書きつけがある以上、大丈夫――
ペール　でも、ちょっとだけ
余裕をくれ！　証拠を探してくる。
おれは一生、おのれ自らだったってことの！
それが、つまり、問題なんだろう？
ボタン作り　ご主人はきっと駄目だと言われると思うよ。
ペール　そうなったら、そうなったときだ――
お願いだから、おれの自己を信用貸ししてくれ。
すぐに戻る。人は一度しか生まれない、
生まれた以上、おのれにしがみつくものだ。
なあ、頼む――！
ボタン作り　まあ、いいか。
だがおぼえておいで、次の十字路までだよ。
（ペールは走り去る）

第八場

荒野のはるか奥の方

ペール　（全速力で走っている）
時は金なり、と本に書いてある。
どこが十字路か、
それさえわかったなら——
すぐ近くか、それともまだまだか。
地面は焼けたトタン屋根、——
証人、証人、どこで見つける？
こんな森の中で！　世の中、出たらめ！
明白な権利を証明しろだなんて——
（背中の曲った老人が手に杖をもち、首に袋をさげ現われる）
老　人　ご立派な旦那さま——宿なしにお恵みを！
ペール　失礼、小銭がないんで——
老　人　ペール王子！
まあ、こんなところでお目にかかるとは。
ペール　あんた、誰だ？
老　人　山の年寄りをお忘れですか？
ペール　あんた、まさか——
老　人　ドヴレ国王ですよ！
ペール　トロル国の！
ドヴレ王　ああ、ごらんのように
落ちぶれてしまいましたよ——
ペール　ばんざーい！　こんな証人、まさに棚ぼた！
ドヴレ王　殿下も、ずいぶんお老けになった。
ペール　まあまあ、愚痴はやめにして——
おれは今、ちょとばかり難しい立場にあってね
——
そのう、証人か証言書が必要なんだ——
それには、お義父さんがこの上ない助けになる。
ドヴレ王　おやまあ、わたしが殿下のお役に立つ？
じゃ、代わりに推薦状をもらえますか？
ペール　喜んで。だから聞いてくれ——

おぼえてるだろう、おれが花婿だといって
あんたの城に乗り込んでいった晩のこと――？

ドヴレ王　むろんですよ、王子殿下！

ペール　　その王子はやめてくれ！
で、あの晩、あんたは力ずくで
おれの眼玉に傷をつけ、
おれをペールからトロルに変えようとした。
そのときおれはどうした？　きっぱり拒否した。
愛も、名誉も権力も諦め、
すべては、おのれ自らであるためだ。
この事実を、いいかね、証言してほしい――

ドヴレ王　とんでもない！

ペール　　なんだって！

ドヴレ王　殿下は、無理矢理、偽証させるおつもりか？
おぼえてるでしょう。殿下はトロルの尻尾をつけ、
トロルの飲物をのんだ――

ペール　　あんたが猫なで声で勧めたから。
しかし、最後は、断固反対した。
すべては終わりの文句次第だ。

ドヴレ王　でも終わりにはペール、逆になったではないか。

ペール　何を言う。

ドヴレ王　　おまえは山を去ったとき
袖《そで》の下にわしらのモットーを入れていった。

ペール　どんな？

ドヴレ王　　人間からトロルを区別するやつ、
「トロルよ、おのれ自らに満足なれ！」

ペール　満足なれ！

ドヴレ王　（泣く）　恩知らずにもほどがある。
トロルとして生きたくせに、ずっとそれを隠してきた。
あの教えのおかげで金もため、地位も得たのに
――
感謝するどころかおまえは今、
わしとわしの言葉を軽蔑《けいべつ》しようと言う！

ペール　おれが満足？　山に住むトロル！
そんなこと、出たらめだ！

ドヴレ王　　新聞にのってるから嘘じゃない。
みてごらん、「われらが〈満足〉こそ
人間にトロルの焼印をおす」――

ペール　例として、おまえを上げている。
トロル？　おれが？　それじゃ、
あそこにいても同じだったのか！
山の中で安楽に暮していても――？
辛い思いをしたのも、靴をすりへらしたのも
みんな無駄だったのか？――
ペール・ギュントがトロル？　嘘だ！
作り話だ！　さようなら。

ドヴレ王　ちょっと、ペール王子――

ペール　離せ、耄碌爺《もうろくじじい》。

ドヴレ王　その、少しでもなんとか――

ペール　お義父さん、思い違いだ、おれも今は
素寒貧《すかんぴん》なんだ――

ドヴレ王　おや、殿下も宿なし

ペール　おまえのせいだ、罰当たりなトロルめ！

ドヴレ王　じゃ望みは、またもや墜落か――！
仕方がない、なんとかして町まで行って――

ペール　町でどうする？

ドヴレ王　どこかの劇場で
私の身の上話を売りこもうかと――

ペール　道中無事で。
おれもそのうち、喜劇を書く、ドタバタで真面目な喜劇、
題名は、「シック・トランシット・グロリア・ムンディ」（はかなきは世の栄華）

（ペールは走って去る。ドヴレ王はあとから叫んで追う）

## 第九場

十字路で

ペール　いよいよどんづまりだ、ペール！
トロル的満足が命とりだ。
船は難破、板切れにしがみついて浮いてるだけだ――

ボタン作り　さあ、ペール・ギュント？　証言書はあるか

な？

ペール　ここが十字路？　なんて早いんだ！

ボタン作り　おれは、いやってほど駈けずりまわったが――

結果は、顔色でわかる――

ペール　じゃ、仕事にかかろうか？

一つだけ聞きたい――

「おのれに徹する」というのは、いったい

どういうことだね？

ボタン作り　おや、おかしな質問だね、

おまえさんはさっき――

ペール　いいからさっさと答えてくれ！

ボタン作り　おのれに徹するとは、おのれを殺すこと。

だがそう言ってもおまえさんには、わかるまい、

だからこう言ってもいい、あらゆる点で

ご主人の意図を全うすること。

ペール　でも、ご主人の意図なんて、どうしてわかる？

ボタン作り　自分の心に問う。

ペール　心なんて、よく的が外れるもんだ。

ボタン作り　そう、心の不確かなものが、いちばん釣りやすい。

ペール　わかった、これは極端に複雑な問題だ。

おれは、おのれ自らは諦める。だがさっき、

荒野を一人さまよっていたとき、

おれは良心の呵責《かしゃく》を鋭く感じた、

おれは自分に言った、おまえは罪びとだ、と。

ボタン作り　おいおい、議論を最初からやり直す気か。

ペール　ぜんぜん違う、おれが言うのは大きな罪びと、

行いだけじゃなく、考え方も言うことも。

ボタン作り　その証拠はあるかね。

ペール　しばらく余裕をくれ。

牧師さんを探して、急いで告白する。

おれは、むかつくような生活を送った――

ボタン作り　しかし書きつけが、ペール――

ペール　そんなもの、古い、

きっと昔の日付が入ってる、

あんたは別に忙しいわけじゃないだろ。

ボタン作り　じゃ、次の十字路まで、それ以上は駄目だ！

ペール　牧師だ、その舌をひっつかんでも！

（走り去る）

第十場

荒れた草地の丘。道が丘の続きに沿ってのびている。

**ペール** ことは微妙な段階に入っている。実際、灰から火の中にとびこむんだからな――しかし、昔からよく言うだろう、「命あるところ、希望あり」
(やせた男が、牧師服をたくし上げて、肩に鳥網をかついで走ってくる)
あれは誰だ？ 鳥網をもった牧師さん！ 幸運はおれを贔屓《ひいき》してくれる。今晩は、牧師さん、ご一緒していいですか。

**やせた男** どうぞ、道づれは歓迎だよ。

**ペール** 実は、心につかえていることがありまして――

**やせた男** 君、思い違いをしていないか。わしの指――

**ペール** 不思議な形にのびた爪ですね。それから、足――

**やせた男** ひづめの形！ これはこれは、

**ペール** 牧師さんだとばかり！ いや、このほうがずっといい。表玄関が開いているなら、勝手口にまわることはない。

**やせた男** 握手だ！ 君は、偏見に縛られていない。このごろ商売はあがったり、魂の供給は全然ない。

**ペール** 世の中、そんなによくなりましたか。

**やせた男** 逆だ、みんな恥知らずに堕落した、だから、ほとんど、鋳物ひしゃくにとられる。

**ペール** ああ、それそれ、わたしの問題も――

**やせた男** 遠慮せずに話したまえ。

**ペール** 実は、わたしの望みは、

**やせた男** 泊まり場所？

**ペール** 図星です。願いは高くない。さっぱりした場所と環境、親切な扱い――それに、もっといい機会が与えられたら、

やせた男　いつでも出て行っていいという許可も。
ペール　いや君、お気の毒だが、やったと言っても、
ただの小さいことだろう？
やせた男　いいえ、わたしは、奴隷売買でしこたまもうけ、
予言者に化けました。
笑わせちゃいけない。
自分の体や心を売買したものさえたくさんいる
が
みんなひしゃくで身を終わる。
ペール　しかし、わたしは、
船が難破したとき、コックの命を半ば奪った。
やせた男　結構、たとえおまえさんが、台所女の
股ぐらから何かを半ば奪おうとね――
なんだい、その半ば仕事というのは。
そんなものなら、残念だが、
おまえさんはやっぱりひしゃく行きだね。
ペール　じゃ、どんな罪なら、いいというんですか。
やせた男　昼となく夜となく、おのれ自ら。
それが、実際のところ、肝心な点だよ。
ペール　おのれ自ら？　それもあなたのところへ行くん
ですか？
やせた男　いいかね、人は二通りでおのれ自らになる。
着物の表か、裏返しか、
近頃パリで発明された日光写真を知ってるかね。
まともに写すか陰画にするかで、
光と影があべこべになる。
しかし、同じ形に違いはない。
もし、ある魂が写真にとられ
陰画になっても、原板は棄てられない。
わしのところに送られてきて、
硫黄《いおう》をぶっかけて焼きあげると
陰の絵姿が表に出てくる
これが陽画と呼ばれるもの。
だが君のように、半分こすられて絵がぼんやり
していると、
硫黄もアルカリも役に立たない。（去る）
ペール　おれのおのれ自らは、いま手の内からすべり落
ちていく。
（流れ星が見える）
流れ星！　ペール・ギュントからよろしく！

光って、消え、あっという間に流れ去る――
（恐怖につつまれたように身を固め、霧の中へ入る。しばしの沈黙）
誰もいないのか、誰もいないのか！　この世には――
地上にも天上にも、誰もいないのか――
おれは息が絶える前に、もう死んでるんじゃないか！
（帽子を投げすて、髪をかきむしる。次第に静寂）
魂がこんなにみじめになって、なくなってしまう、
美しい土よ、腹を立てないでくれ、
無駄に草を踏み荒らしたといって。
美しい太陽よ、おまえは光の雫《しずく》を
人気のない小屋に注いで無駄にした。
おまえに暖められ、元気づけられるものは
誰も住んでいない、小屋の主は出て行った。
上にのぼろう、山の頂きまで、
もう一度、日の出を眺める、
そして、約束の国を目にし、疲れ切って倒れる。
雪が体を覆ったら碑を建ててくれ、
「ここに葬られしは、何人にもあらざる者」
そのあとは、それまで、なるようになれ！

**ボタン作り**　（茂みに身を隠そうとして、十字路にいる）
おはよう、ペール。懺悔《ざんげ》の証書は？

**ペール**　わからないのか、できるかぎり叫びまわった。

**ボタン作り**　で、時はすぎた。

**ペール**　すべては終った。
梟《ふくろう》は鼠《ねずみ》をかぎつけた。あの声はなんだ？

**ボタン作り**　朝の祈りの鐘の音、

**ペール**　あの上の光は？

**ボタン作り**　小屋の灯。

**ペール**　さらさらいう音は？

**ボタン作り**　女の歌――

**ペール**　そうだ、あそこで、
おれの懺悔録《ざんげろく》をみつける――

**ボタン作り**　（ペールをつかみ）　身辺をかたづけな！
（小屋の近くに来ている）

**ペール**　身辺？　あそこにある、失せろ！
ひしゃくが棺桶ほどに大きくても、

おれとおれの罪を入れるには小さすぎる！

**ボタン作り** そんなら、第三の十字路まで、そのときは
――！（去る）

**ペール** （小屋に近づく）
行くも戻るも同じく遠い、
出るも入るも同じく狭い、
（立ち止まる）
いや！ ――激しい嘆きが告げている
中へ、あそこへ戻って行けと。
（数歩ゆき、又止まる）
回り道とくねくね入道は言った。
（小屋の歌を聞く）
いや、今度だけは、
真っ直ぐに進む、どんなに道が狭くとも！
（ペールは小屋のほうへ走って行く。同時にソールヴェイが戸口に現われる。彼女は、教会用の服装で、ハンケチにつつんだ讃美歌の本を持ち、手に杖。まっすぐに、穏やかな様子で立っている）

**ペール** （戸口に身を投げ）
罪びとの裁きができるなら、言ってくれ！

**ソールヴェイ** あの人だ、あの人だ、神さま、感謝します！
（彼のほうに、手探りで進む）

**ペール** おれの罪深いこと、この身を汚したことを並べ立てろ！

**ソールヴェイ** あんたには罪なんかない、大切な人。

**ボタン作り** （後ろで） 証明書、ペール。

**ペール** おれの罪を言ってくれ！

**ソールヴェイ** あんたは、わたしの一生を、美しい歌にしてくれた。

**ペール** じゃ、おれは無になる。おまえが謎を説かないかぎり――

**ソールヴェイ** 言ってごらん！

**ペール** おまえに言えるか、
ペール・ギュントがあれ以来どこにいたか、
額の上に定めの印をつけて
神のおぼしめしの中を走りまわって
どこに居たか？

**ソールヴェイ** その謎はやさしい。

**ペール** じゃ、言ってくれ、おれの全身、おれの真実、
おのれ自らとして、おれはどこにいたか？

ソールヴェイ　わたしの信仰の中、希望の中、愛の中。

ペール　（驚いて退く）なんだ！　ごまかすな！
その中の子の、おまえは、母親か。

ソールヴェイ　そう。でも、父親は誰？
それは母親の願いを聞いて下さるお方。

ペール　（彼に光がさす。叫ぶ）
おっ母、女房、けがれのない女——！
ああ、おれを隠してくれ、その中に隠してくれ！

（ペールはかたくしがみつき、彼女の膝《ひざ》に顔をかくす。長い静寂。太陽がのぼる）

ソールヴェイ　（静かに歌う）眠れ、わたしの愛し子よ、
おまえをあやし、見守ってあげる。

この子はいつも母親の胸に
二人はこの世で共に遊んだ。

この子はいつも母親の胸に
休んできた、神の祝福あれ。

この子はいつもわたしの心に
しっかりと。今この子は疲れている。

眠れ、私の愛し子よ
おまえをあやし、見守ってあげる。

ボタン作りの声　（小屋の後ろで）
最後の十字路で会おう、ペール。
そのときどうなるか——これ以上は言うまい。

ソールヴェイ　（朝の輝きの中で高く歌う）
おまえをあやし、見守ってあげる。
眠れ、夢みて、わたしの愛し子。

〈了〉

# 訳者あとがき

『ペール・ギュント』は、イプセンがイタリアに滞在中の一八六六年に書かれた。二年前に、劇作にも生活にも行き詰って、祖国ノルウェーから逃げるようにしてイタリアに来たイプセンは、ここで最初に書いた五幕の劇詩『ブラン』によって、一躍、北欧文学界の第一線に立つ詩人と目されるようになった。『ブラン』は、「全か無か」のモットーをかかげて自己の信念を貫く牧師ブランを悲劇的に描いた作品である。それは、折からのデンマーク＝プロシャ戦争に援軍を送らなかったノルウェーへの叱咤ととられ、若ものの熱狂的な支持を受けたのであった。

ところが、次に書かれた『ペール・ギュント』は、一転して、農夫の息子ペールの日和見的で自分勝手な生き方を喜劇的に描いた劇詩となる。イプセンはこの作品でノルウェー人の性格を揶揄《やゆ》したととられ、四方八方から非難の言葉を浴びせられた。一読して明らかなように、三幕まではノルウェーの山村を舞台とし、第四幕でアフリカをめぐったあと、第五幕はふたたび故郷に戻る。その地は、もっともノルウェー的な風土と性格をもつとされるギュブランスダールの山岳地方。ここを本拠とするトロルたちのドヴレ王国で聞かされた「おのれに満足なれ」というモットーを無自覚に身につけてペールは世界を放浪する。彼にノルウェー人気質が暗示されていることは確かだろう。だが、もともとギュブランスダールに伝わる民間説話から、イプセンはペール像のヒントを得た。その説話は、劇詩の中で、くねくね入道の挿話として生かされている（「くねくね入道」の名は戦前の訳から借りたが、原語はボェイグ Bøyg で、「曲がった」の意をもつ言葉）。おのれ自らとは何か、これがこの劇詩の核となるテーマである。その意味で、喜劇『ペール・ギュント』は悲劇『ブラン』と、ひとつコインの裏表をなす。

しかし、おのれに徹したようにみえるブランは最後に山の雪崩に流され、おのれに満足していたようにみえるペールは最後に女に救われる。ここにイプセンの劇思考の複雑さがある。

ともあれ、こんなものは詩といえないという『ペール・ギュント』批判に、イプセンは「これは詩だ、これから、詩の判断基準はこの作品で決められるだろう」と大見得を切った。この言葉はまさに的中する。『ペール・ギュント』は、北欧文学のみならず、世界の近代文学史の中でもひときわ輝く作品となっている。

イプセンはこの劇詩を、上演を考えずに書いた。ゲーテの『ファウスト』を典型とするいわゆる読む劇の系譜に立つが、『ペール・ギュント』は単に文学的にすぐれた詩であるだけでなく、イプセンの舞台表現本能が随所に噴き出ている見事な演劇的詩となっている。ノルウェー的要素にあふれるこの劇は、外国人には理解できないだろうとノルウェー人はいうが、ローカルに徹したものほどグローバルになる。これほどに舞台で面白い劇は、ヨーロッパ演劇史上、そうたくさんはない。実は、出版後数年して、ノルウェーのクリスチアニア劇場(今日の国立劇場の前身)で上演の話がもちあがったとき、イプセンは懐疑的で、第四幕は難しいから削除して、内容を暗示する音楽で代替することを提案した。幸いそれは劇場監督のとるところとならず、初演は四時間以上かかり、終わったときは十二時をすぎていた。イプセンは音楽をグリークに依頼したが、グリークははじめ、こんな非音楽的な作品はないと思って気のりしなかったという。だが、作曲をすすめるうちにだんだん面白くなってきた。グリークの有名な『ペール・ギュント組曲』は、初演時の伴奏音楽を中心に組曲形式にしたものである。

その後、ノルウェーでの上演は何度かなされたが、戦後すぐの上演のとき、この劇は、グリーク音楽の暗示するようなロマンチックな内容ではなく、実際はロマンチックな体裁をとった反ロマンチックな作品であるという解釈のもとに、民謡などのメロディを使って上演された。以来、グリークの伴奏音楽が使われることはほとんどなくなったが、九〇年代から再び、いろんな形でグリークを使う演出家が出てきている。それは音楽自体が、演奏解釈次第で必ずしもロマンチックになるとはかぎらないからだろう。

『ペール・ギュント』がロマンチックな劇だとされた最大の理由は、いうまでもなく、無法者ペールの自分勝手さにもかかわらず、すべてをすてて彼のところに来たソールヴェイが、いつまでも彼の帰りを待って最後に彼を救うという話にある。男はみんな身勝手に、女に救ってもらいたいと願っている。当時、イプセンの先輩である女性作家カミッラ・コレットは、ソールヴェイは男のエゴイズムをあらわす侮辱的女性像だと批判した。これにはイプセンもまいったらしい。しかし、一九七一年にドイツの演出家ペーター・シュタインが、最後に罪びとペールを抱き上げるソールヴェイをマリア像に仕立ててから、彼女はいわばすべてを許す聖なる存在として、あるいは、劇全体をペールの自己探求の物語として、また、最後におのれの存在の無を知るところに視点をおいたりして、改めて『ペール・ギュント』をヨーロッパの思想劇の本道に位置づけるのが常套となった。今日、世界の最先端に立つ演出家たちが好んでこの劇を上演している。日本では、戦前に一回、戦後には四回上演された。蜷川幸雄がヨーロッパで演出した英語版の『ペール・ギュント』も、一九九四年に日本で上演されている。

イプセンの作品は、先に触れた『ブラン』以来、すべてデンマーク最大の出版社ギルデンダール社から出された。一八一四年のナポレオン戦争終結まで、三百年にわたって、ノルウェーはデンマークの属領だったから、当時の標準の書き言葉は、両国共通だった。『ペール・ギュント』は、山村を舞台にしていても、基本的には標準の言葉で書かれている。ただ、ノルウェー独自の語彙《ごい》もかなり含まれており、出版社ははじめそれらに難色を示したらしい。しかし結局、イプセンの言葉は尊重された。『ペール・ギュント』の日本語訳は戦前からなされているが、原典からの訳は、一九六八年に講談社の世界文学全集『イプセン・ストリンドベリ集』に収録されたわたしのものが最初だろうと思う。その後、一九七八年、イプセン生誕百五十年記念の新劇合同公演として上演されるとき、演出の千田是也氏から依頼されて、この訳をもとに上演台本を作った。一晩の上演として適当な長さにするためにせりふはあれこれカットし、舞台から発せられる言葉としてわかりやすく意訳したところもある。だが、場面ごと削除することはほとんどせず、原作の内容は基本的に変えないようにした。

ここに収めたものは、そのときの台本に手を入れたものである。出版を企画した論創社との相談で、この劇の面白さを今の人に知ってもらうには、冗長な部分のない、生き生きしたせりふまわしの方がいいだろうと考えたからである。しかし創作となるような付け加えは一切なくした。上演台本では、演出上の解釈で、場面を入れ替えたり、ト書きの指定を変えたりもしたが、それも今回、すべて原作どおりに戻した。また、原作の詩としての行分けも、基本的に尊重している。したがって劇詩としての本質性格は変わっていないはずである。この訳からイプセンの『ペール・ギュント』という作品を理解しても、誤解することにはならないと思う。

今回、イプセン没後百年を記念して、論創社からこの翻訳が出版されることになって、編集者の重松和江さんには大変お世話になった。いろいろとご迷惑もおかけした。まことにありがたく、感謝している。

在日ノルウェー大使館にも、親日家のオーゲ・グルットレ大使、イプセンを崇拝する文化担当参事官のカーリ・ホルト氏をはじめ、みなさんのお世話になった。心からお礼申したい。

二〇〇六年九月二十三日

毛利三彌

【作曲家g・グリークによる『ペール・ギュント組曲』の譜面より】

Peer Gynt: Halling-1st Act-Wedding

ペール・ギュント：第１幕、婚礼の場

Peer Gynt: Solvejg's Song

ペール・ギュント：ソールヴェイの歌

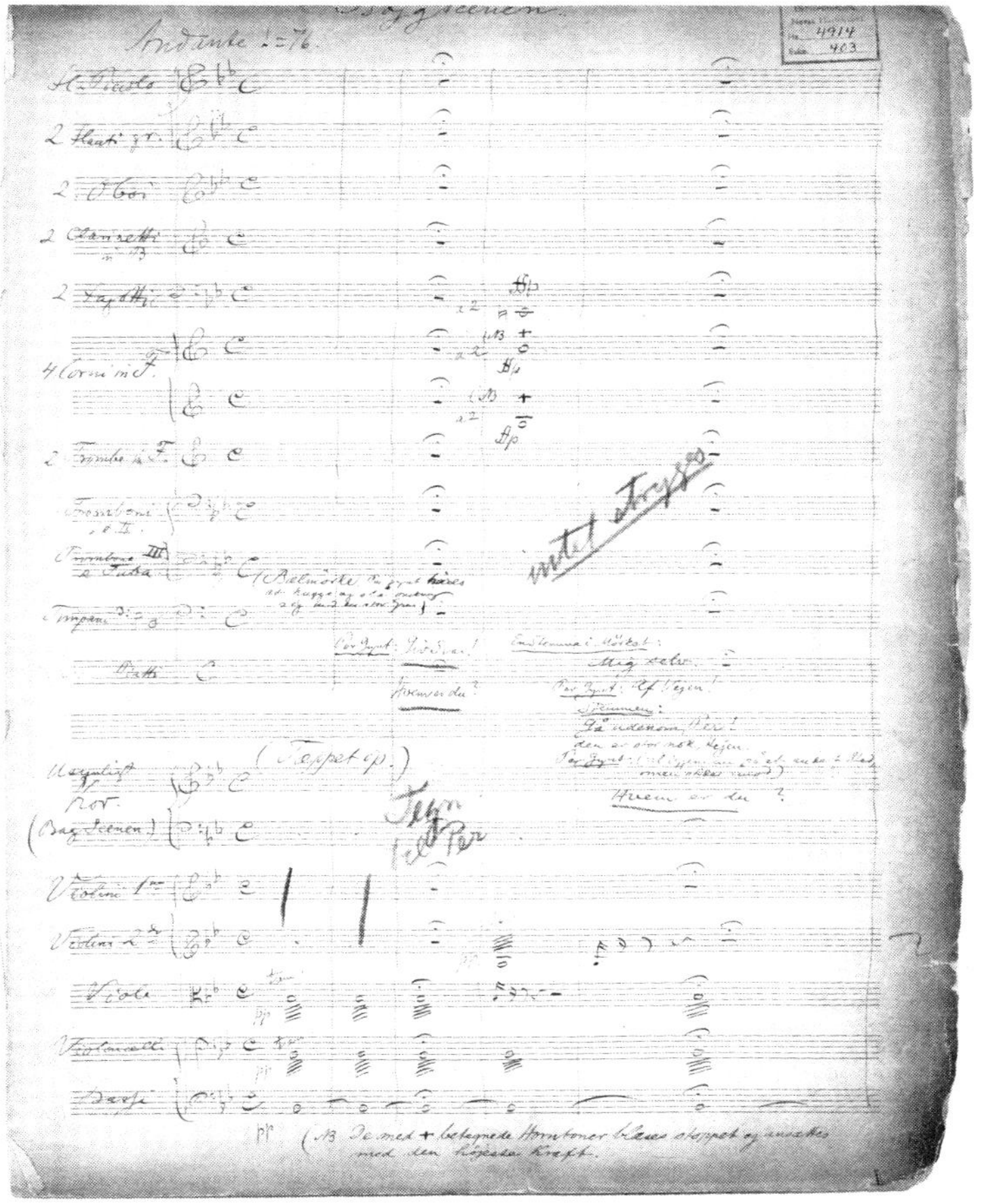

Peer Gynt: Bøyg-scene

ペール・ギュント：ボェイグ（くねくね入道）の場面

Peer Gynt: Arabic Dance

ペール・ギュント：アラビアの踊り

**ヘンリック・イプセン**　Henrik Ibsen

1828年生、1906年没。ノルウェーの劇作家。近代劇の父と呼ばれる。前期の二大劇詩『ブラン』『ペール・ギュント』で北欧随一の詩人とされたが、その後の社会問題劇『人形の家』『ゆうれい』『人民の敵』で世界的な作家となる。つづいて『野がも』『ロスメルスホルム』『海の夫人』『ヘッダ・ガブラー』で、近代リアリズム劇の基盤を確立し、晩年は、『棟梁ソルネス』『小さなエイヨルフ』など、象徴性を帯びた作品を書いた。

**毛利三彌**（もうり みつや）

成城大学名誉教授(演劇学)。著書『北欧演劇論』『イプセンの劇的否定性』『イプセンのリアリズム』『イプセンの世紀末』『演劇の詩学―劇上演の構造分析』。編著『東西演劇の比較』。翻訳『イプセン戯曲選集―現代劇全作品』(東海大学出版会)その他。イプセン現代劇連続上演の演出。ノルウェー学士院会員。日本演劇学会会長(1996-2005年)。

ペール・ギュント

二〇〇六年十一月三〇日　初版第一刷発行
二〇二〇年　三月三〇日　初版第三刷発行

著者　H・イプセン
訳者　毛利三彌
装丁　野村浩　N/T WORKS
発行者　森下紀夫
発行所　論創社
東京都千代田区神田神保町二－二三　北井ビル
電話〇三－三二六四－五二五四　FAX〇三－三二六四－五二三二
振替口座〇〇一六〇－一－一五五二六六
印刷・製本　中央精版印刷
ISBN4-8460-0448-1